Os livros-jogos da série Fighting Fantasy:

1. O Feiticeiro da Montanha de Fogo
2. A Cidadela do Caos
3. A Masmorra da Morte
4. Criatura Selvagem
5. A Cidade dos Ladrões
6. A Cripta do Feiticeiro
7. A Mansão do Inferno
8. A Floresta da Destruição
9. As Cavernas da Bruxa da Neve
10. Desafio dos Campeões
11. Exércitos da Morte
12. Retorno à Montanha de Fogo
13. A Ilha do Rei Lagarto
14. Encontro Marcado com o M.E.D.O.
15. Nave Espacial *Traveller*
16. A Espada do Samurai
17. Guerreiro das Estradas
18. O Templo do Terror
19. Sangue de Zumbis
20. Ossos Sangrentos
21. Uivo do Lobisomem
22. O Porto do Perigo
23. O Talismã da Morte
24. A Lenda de Zagor
25. A Cripta do Vampiro
26. Algoz das Tempestades
27. Noite do Necromante
28. Assassinos de Allansia

Próximo lançamento:
29. Segredos de Salamonis

Visite www.jamboeditora.com.br para saber
mais sobre nossos títulos e acessar conteúdo extra.

IAN LIVINGSTONE

O TEMPLO DO TERROR

Ilustrado por BILL HOUSTON

Traduzido por GUSTAVO BRAUNER

Copyright © 1985 por Ian Livingstone
Copyright das ilustrações © 1985 por Bill Houston

Fighting Fantasy é uma marca comercial de Steve Jackson e Ian Livingstone. Todos os direitos reservados.

Site oficial da série Fighting Fantasy: www.fightingfantasy.com

CRÉDITOS DA EDIÇÃO BRASILEIRA

Título Original: Temple of Terror
Tradução: Gustavo Brauner
Revisão: Leonel Caldela e Camila Villalba
Diagramação: Tiago H. Ribeiro
Design da Capa: Samir Machado de Machado
Arte da Capa: EdH Müller e Bianca Augusta
Produção Editorial: Victória Cernicchiaro
Editora-Chefe: Karen Soarele
Diretor-Geral: Guilherme Dei Svaldi

Rua Coronel Genuíno, 209 • Porto Alegre, RS
CEP 90010-350 • contato@jamboeditora.com.br
www.jamboeditora.com.br

Todos os direitos desta edição reservados à Jambô Editora. É proibida a reprodução total ou parcial, por quaisquer meios existentes ou que venham a ser criados, sem autorização prévia, por escrito, da editora.

2ª edição: fevereiro de 2024 | ISBN: 978858365052-2

Dados Internacionais de Catalogação na Publicação
Bibliotecária Responsável: Denise Selbach Machado CRB-10/720

L788t Livingstone, Ian
  O templo do terror / Ian Livingstone; ilustrações de Bill Houston; tradução de Gustavo Brauner. — Porto Alegre: Jambô, 2024.
  224p. il.

  1. Literatura infanto-juvenil. I. Brauner, Gustavo. II. Caldela, Leonel. III. Título.

  CDU 869.0(81)-311

*Para Gary Gygax,
o pioneiro dos
jogos de interpretação
de fantasia.*

SUMÁRIO

REGRAS
9

FICHA DE AVENTURA
16

INTRODUÇÃO
18

O TEMPLO DO TERROR
23

REGRAS

O Templo do Terror é uma aventura de fantasia em que *você* é o herói. Mas, antes de começar, você deve criar seu personagem, rolando os dados para determinar seus valores de Habilidade, Energia e Sorte.

Anote esses valores na *ficha de aventura* das páginas 16 e 17. Esses valores mudarão de aventura para aventura; por isso, faça fotocópias da *ficha de aventura*, ou escreva nela a lápis, para que você possa apagar números anteriores quando recomeçar.

Determinando Habilidade, Energia e Sorte

Para determinar seus valores *iniciais* de Habilidade, Energia e Sorte:

- Role um dado, some 6 ao resultado e anote o total no espaço Habilidade da *ficha de aventura*.

- Role dois dados, some 12 ao resultado e anote o total no espaço Energia.

- Role um dado, some 6 ao resultado e anote o total no espaço Sorte.

Habilidade mede a sua perícia em combate — quanto mais alta, melhor. Energia representa o seu vigor físico, a sua saúde; quanto mais alta a sua Energia, mais tempo você sobreviverá. Sorte reflete o quão *sortudo* você é. SORTE — e magia — são forças reais no mundo de fantasia que você está prestes a explorar.

Os valores de HABILIDADE, ENERGIA e SORTE mudam constantemente durante uma aventura; assim, tenha uma borracha por perto. Você deve manter um registro atualizado desses valores; entretanto, nunca apague seus valores *iniciais*. Embora você possa receber pontos adicionais de HABILIDADE, ENERGIA e SORTE, esses valores nunca podem ultrapassar os valores *iniciais*, exceto em ocasiões muito raras, quando assim instruído em uma página.

Batalhas

Quando for instruído a lutar com uma criatura, você deve resolver a batalha como descrito abaixo. Primeiro, anote os valores de HABILIDADE e ENERGIA da criatura (como apresentados na página em que você estiver) em uma *caixa de encontro com monstros* da sua *ficha de aventura*. A sequência do combate é:

1. Role dois dados para a criatura. Some a HABILIDADE dela. Este total é a *força de ataque* da criatura.

2. Role dois dados para si mesmo. Some a sua HABILIDADE atual. Este total é a sua *força de ataque*.

3. Quem tem a *força de ataque* maior? Se for você, então feriu a criatura. Se for a criatura, então ela o feriu (se for um empate, ambos erraram — comece a próxima rodada de combate a partir do passo 1, acima).

4. Se tiver ferido a criatura, diminua 2 pontos da Energia dela. Você pode usar a Sorte para aumentar o dano (veja **Usando a sorte em batalhas**, abaixo).

5. Se a criatura tiver ferido você, diminua 2 pontos da sua Energia. Você pode usar a Sorte para diminuir o dano (veja **Usando a sorte em batalhas**, abaixo).

6. Faça as mudanças necessárias na Energia da criatura ou na sua própria (e na sua Sorte, caso a tenha usado) e comece a próxima rodada de combate (repita os passos 1 a 6).

7. O combate continua até que o valor de Energia de um de vocês seja reduzido a zero (morte).

Escapando de uma batalha

Em algumas páginas você terá a opção de *escapar* da batalha. Você só pode fazer isso se lhe for oferecido na página. Se decidir *escapar*, a criatura que você estiver enfrentando acerta automaticamente um golpe (diminua 2 pontos de Energia) enquanto você foge — tal é o preço da covardia. Você pode usar a Sorte neste ferimento normalmente (veja **Usando a sorte em batalhas**, abaixo).

Sorte

Algumas vezes você terá de *testar a sorte*. Como você vai descobrir, usar a sorte é um negócio arriscado.

Para *testar a sorte*, siga as instruções abaixo.

Role dois dados; se o resultado for igual ou menor que a sua Sorte atual, você foi *sortudo*. Se o resultado for maior que a sua Sorte atual, então você foi *azarado*. As consequências de ser *sortudo* ou *azarado* são descritas na página.

Cada vez que *testar a sorte*, você deve diminuir um ponto do seu valor atual de Sorte. Assim, quanto mais você depender da sorte, mais irá se arriscar.

Usando a sorte em batalhas

Em batalhas, você sempre tem a opção de usar a sorte para acertar um golpe mais sério em uma criatura, ou para reduzir os efeitos de um ferimento que a criatura tenha lhe causado.

Se você tiver acabado de ferir a criatura: você pode *testar a sorte* para aumentar o ferimento. Se for *sortudo*, você causa 2 pontos de dano extras (ou seja, em vez de causar 2 pontos de dano, você causa 4). Se for *azarado*, você causa 1 ponto de dano a menos (assim, em vez de causar 2 pontos de dano, você causa 1).

Se a criatura tiver acabado de ferir você: você pode *testar a sorte* para diminuir o ferimento. Se for *sortudo*, você sofre 1 ponto de dano a menos (ou seja, em vez de sofrer 2 pontos de dano, você sofre 1). Se for *azarado*, você sofre 1 ponto de dano extra (assim, em vez de sofrer 2 pontos de dano, você sofre 3).

Não esqueça de diminuir 1 ponto do seu valor de Sorte cada vez que *testar a sorte*.

Recuperando Habilidade, Energia e Sorte

Habilidade

Seu valor de HABILIDADE não mudará muito durante sua aventura. Ocasionalmente, uma página trará instruções para que você altere o seu valor de HABILIDADE. Uma arma mágica pode aumentar sua HABILIDADE, por exemplo — mas lembre-se de que apenas uma arma pode ser usada por vez! Assim, você não pode ganhar dois bônus de HABILIDADE por carregar duas armas mágicas (pois só pode usar uma por vez). Não se esqueça de que a sua HABILIDADE nunca pode ultrapassar o valor *inicial*, a menos que especificamente instruído.

Energia

O seu valor de ENERGIA vai mudar muito durante a aventura. Quando se aproximar do objetivo, o seu nível de ENERGIA pode estar perigosamente baixo, e as batalhas irão se tornar muito arriscadas — por isso, tenha cuidado!

Você começa o jogo com dez provisões; cada uma é suficiente para uma refeição. Você pode comer a qualquer momento, exceto durante batalhas. Quando comer, some 4 pontos ao seu valor de ENERGIA e reduza uma das provisões. Uma caixa é dada na *ficha de aventura* para anotar a quantidade de provisões restantes. Lembre-se de que você tem um longo caminho a percorrer — assim, use suas provisões com sabedoria!

Não se esqueça de que a sua ENERGIA nunca pode ultrapassar o valor *inicial*, a menos que especificamente instruído.

Sorte

Você vai receber bônus ao seu valor de SORTE quando for especialmente *sortudo*. Não se esqueça de que, da mesma forma que HABILIDADE e ENERGIA, a sua SORTE nunca pode ultrapassar o valor *inicial*, a menos que especificamente instruído.

Equipamento

Você começa a aventura com uma espada, uma armadura de couro, um escudo, uma mochila com dez provisões para a viagem e um lampião para iluminar o caminho. Mas você vai encontrar muitos outros itens durante o desenrolar da aventura.

Dado Alternativo

Ao pé de cada página, você vai encontrar rolagens aleatórias de dados. Se você não tiver um par de dados à mão, pode folhear as páginas do livro rapidamente e parar em uma página qualquer; isso vai lhe fornecer uma rolagem aleatória dos dados. Se precisar "rolar" apenas um dado, leia apenas o primeiro dado; se precisar rolar dois, use o total dos dois dados.

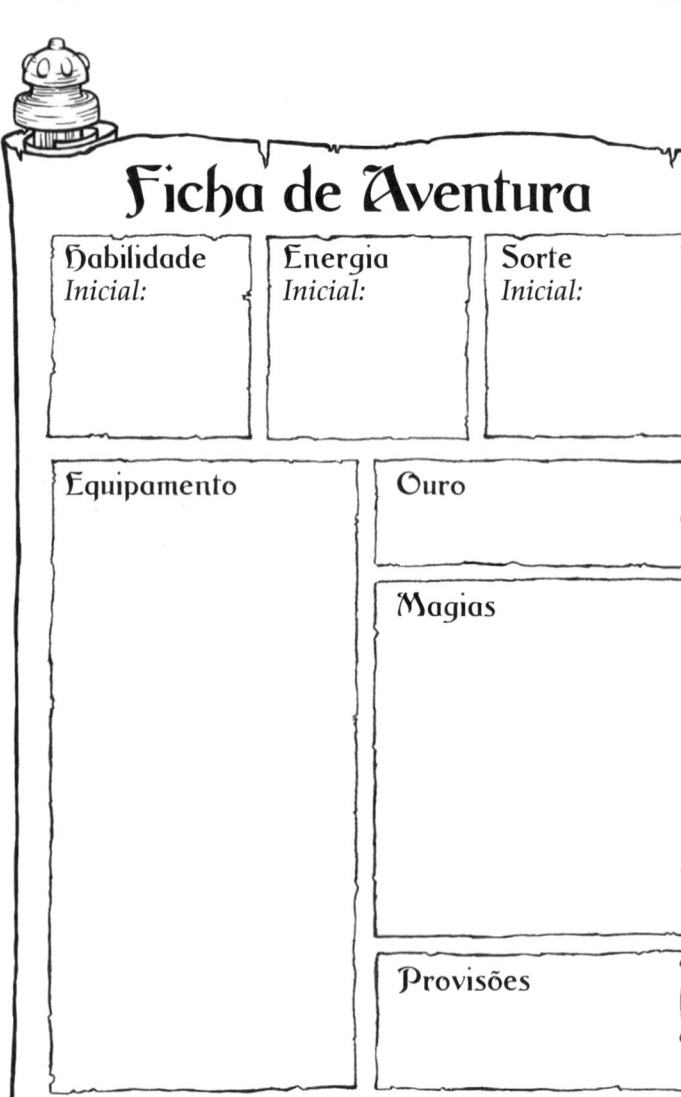

Caixas de Encontros com Monstros

Habilidade: *Energia:*	*Habilidade:* *Energia:*	*Habilidade:* *Energia:*
Habilidade: *Energia:*	*Habilidade:* *Energia:*	*Habilidade:* *Energia:*
Habilidade: *Energia:*	*Habilidade:* *Energia:*	*Habilidade:* *Energia:*
Habilidade: *Energia:*	*Habilidade:* *Energia:*	*Habilidade:* *Energia:*

INTRODUÇÃO

Talvez a natureza de Malbordus seja maligna porque ele nasceu durante a lua cheia, com lobos uivando ao redor da cabana de sua mãe na floresta. Talvez a razão seja algo mais sinistro do que isso. Mas é certo que, depois que sua mãe o abandonou, Malbordus cresceu na Floresta Madeira Negra, aos cuidados dos elfos negros. Eles lhe ensinaram os modos perversos dos elfos, e ele também descobriu poderes por si próprio. Ele conseguia fazer plantas apodrecerem e morrerem estalando os dedos; podia fazer os animais obedecerem com seu olhar penetrante. Os elfos o instigaram e o ajudaram a desenvolver seus poderes, para que pudessem lhe ensinar a magia arcana e maligna dos antigos lordes élficos — magia tão vil e poderosa que matava usuários indignos. Buscando esses poderes malignos, Malbordus atingiu a maturidade. Para provar aos elfos que estava pronto para receber o conhecimento dos senhores élficos, ele primeiro tinha de passar por um teste. Ordenaram-lhe que viajasse até o Deserto dos Crânios em busca da cidade perdida de Vatos. Cinco artefatos dracônicos foram escondidos na cidade, e ele deveria encontrá-los e reuni-los. Um feitiço simples traria os dragões à vida, para servir às forças do mal. Malbordus então os instruiria a voar de volta à Floresta Madeira Negra, onde um exército enorme já estaria se reunindo. Ele então receberia os poderes antigos e lideraria as hordas do caos por Allansia, em uma onda implacável de morte e destruição.

Foi por apenas um golpe de sorte que esses planos terríveis foram descobertos. Na fronteira da Floresta Madeira Negra vivia um velho e estranho mago chamado Yaztromo. Um pouco excêntrico, ele morava sozinho em sua torre, praticando magia simples e comunicando-se com pássaros e outros animais. Ele sempre estava disposto a vender pequenos itens mágicos, para bancar os bolos que encomendava de toda Allansia. Seu gosto por doces era sua única razão para manter alguma ligação com o resto do mundo, pois ele raramente deixava sua torre. Então foi uma enorme surpresa para todos quando ele chegou arfando e resmungando na aldeia de Ponte de Pedra. O que poderia ter forçado o velho Yaztromo a se aventurar pela Floresta Madeira Negra até Ponte de Pedra? Todos os anões que moravam lá estavam ansiosos para saber, e a mensagem chegou a Gillibran, seu rei.

Depois dos rigores de uma missão recente, você está descansando em Ponte de Pedra, aproveitando a companhia alegre dos anões. Seus ferimentos estão quase curados, e o ferreiro local afiou sua espada como só os anões podem fazer. Descansando em uma varanda com os pés no parapeito, você fica intrigado pela comoção no centro da aldeia. Seguido por uma multidão de anões curiosos, Yaztromo sobe os degraus que levam à casa de Gillibran e é recebido calorosamente pelo rei anão. A multidão fica silenciosa quando Gillibran ergue a mão, e Yaztromo começa a falar. Você levanta-se de sua cadeira e se junta à multidão para ouvir o que o mago tem a dizer. Com uma expressão lúgubre, seu rosto tão apreensivo quanto sua barba é longa, Yaztromo relata as más notícias relacionadas a Malbordus. Os anões olham apreensivos para o céu, como se esperassem que os cinco dragões mergulhassem sobre eles a qualquer momento. Ele grita pedindo que eles demonstrem coragem, dizendo:

— Amigos, vejam pelo lado bom. Pelo menos fomos avisados da destruição iminente, graças a meu corvo de estimação, que ouviu a conversa entre os elfos negros e Malbordus. O que precisamos fazer agora é encontrar alguém que possa chegar à cidade perdida antes de Malbordus e que possa destruir os artefatos dracônicos. Precisamos de um guerreiro jovem, disposto a arriscar sua saúde e sua vida para nos salvar. Há algum voluntário entre vocês?

Cada anão olha ao redor, para ver se alguém teve a coragem de aceitar o desafio. Parado, olhando os anões, você se dá conta de que só há uma coisa a fazer. Com um sorriso amargo no rosto, você ergue o braço e oferece seus serviços. Yaztromo o vê e diz:

— Já não nos encontramos antes? Esqueça, você parece o tipo de pessoa de que precisamos. Abram caminho para nosso bravo voluntário. Devemos partir para minha torre de imediato. Venha comigo, vamos partir. Você tem muito a aprender, mas não posso ensiná-lo até que tenhamos atravessado a Floresta Madeira Negra e estejamos em meu laboratório.

Você mal tem tempo de enfiar seus pertences na mochila antes de ser conduzido pelo mago impaciente para fora de Ponte de Pedra rumo à sua torre, na fronteira sul da Floresta Madeira Negra.

Agora, vire a página.

I

1

Para um idoso, Yaztromo é surpreendentemente rápido. Vocês cruzam o Rio Vermelho e os campos arados além, e logo chegam à beira da floresta. Ainda assim, Yaztromo não para. Ele toma uma trilha estreita rumo à muralha escura de árvores. A luz se vai; galhos e raízes entrelaçadas obstruem a trilha serpenteante e deixam a caminhada bastante cansativa. Você pergunta a Yaztromo se ele não está preocupado em ser atacado por monstros da floresta. Ele ri e diz que sua magia é bastante conhecida e respeitada por todas as criaturas por quilômetros ao redor — ninguém ousaria desafiar Yaztromo! Depois de passar uma noite pacífica na floresta, vocês chegam à torre de Yaztromo no meio da manhã do dia seguinte. Você o segue torre acima pela escada em espiral até um aposento amplo no topo da torre. Prateleiras, estantes e armários forram as paredes e estão recheados de garrafas, jarros, livros, caixas e de todo tipo de artefato estranho. Yaztromo afunda em sua velha cadeira de carvalho, parecendo agora bastante cansado devido à longa jornada. Ele enfia a mão no bolso e tira um par de óculos frágeis, de armação de ouro. Depois de ajeitá-los no nariz, ele olha por cima das lentes, e você sente-se bastante enervado devido ao seu olhar penetrante. Ele finalmente diz: "Qualquer um que espere derrotar Malbordus deve certamente conhecer um pouco de magia. Você parece esperto o suficiente para aprender, mas não acho que você tenha tempo de absorver as dez magias que gostaria de ensinar a você. Ah, e eu gostaria que você soubesse o quão sortudo é por aprender minha magia. Mas uma crise é uma crise. Agora vamos acabar com isso. Quais magias devo lhe ensinar? Você pode escolher abrir porta, adormecer criatura, flecha mágica, idioma, compreender símbolos, luz, fogo, saltar, detectar armadilha e criar água". Para fazer sua escolha, vá para 34.

2

O aposento é parcamente mobiliado, com apenas uma cadeira e uma mesa. Um formão e um martelo jazem na cadeira, e o chão esta coberto de serragem. Na parede à sua esquerda há um alto-relevo de madeira, com dois metros de altura por três de largura. Ele retrata a cidade perdida sendo atacada por vermes-da-areia gigantes. Se quiser examinar o alto-relevo, vá para 302. Se preferir atravessar a porta no fundo do aposento, vá para 93.

3

A porta dá para outro corredor, bem iluminado, que parece ser usado com frequência. Se quiser ir para a esquerda, vá para 320. Se quiser ir para a direita, vá para 358.

4

A água fresca mata sua sede. Você se sente revigorado de imediato, pois a água contém um composto químico raro, que recupera as forças. Some 4 pontos de ENERGIA. Com a água ainda correndo pelo seu queixo, você continua a busca. Vá para 370.

5

Você pega uma das facas e a guarda na mochila. Continuando a descer o corredor, você logo chega a um beco sem saída, e não tem escolha a não ser voltar e atravessar a chuva dourada. Vá para 354.

6

É impossível evitar pisar em algumas das centenas de conchas de cauri. Com isso, todas as conchas de repente se juntam, unindo-se em uma forma quase humanoide, que o ataca. Você sente-se como se estivesse sendo apedrejado até a morte. Você vai:

Tentar se defender com a espada?	Vá para 245
Fugir correndo?	Vá para 359
Mergulhar no mar?	Vá para 51

7

Ao vê-lo, o homem-lagarto sibila alto e avança contra você brandindo a espada.

HOMEM-
-LAGARTO   Habilidade 9   Energia 8

Se vencer, vá para 33.

8

Você cai, mas aterrissa na beirada acima da água. Perca 2 pontos de Energia. Você recobra a consciência algum tempo depois e foge pelo túnel tão rápido quanto consegue. Vá para **91**.

9

Você ergue o martelo de guerra e o baixa com força no dragão. Ele ricocheteia, deixando o artefato completamente intacto. Você escolheu o dragão errado. Você de repente se sente muito fraco quando uma força maligna invisível tenta proteger o artefato. Perca 1 ponto de Habilidade e 2 de Energia. Qual dragão você vai tentar destruir?

O dragão de ossos?	Vá para **362**
O dragão de prata?	Vá para **231**
O dragão de ouro?	Vá para **247**
O dragão de ébano?	Vá para **279**

10

No borrão cintilante do calor do deserto, você de repente vê uma forma se aproximando. À medida que ela fica maior, você vê que é alguém cavalgando um camelo. Se quiser falar com o cavaleiro do deserto, vá para **99**. Se preferir se manter escondido e esperar que ele passe, vá para **257**.

11

Se estiver usando um medalhão de ouro com um coração entalhado, vá para **258**. Caso contrário, *teste a sorte*. Se for *sortudo*, vá para **284**. Se for *azarado*, vá para **71**.

12

Yaztromo explica que a magia abrir porta abrirá qualquer porta trancada. Ele fala as palavras mágicas necessárias para conjurar a magia e diz que ela não drenará muito da sua energia; apenas 2 pontos de ENERGIA. Volte para **34**, depois de anotar a magia e seu custo em pontos de ENERGIA na *ficha de aventuras*.

13

Mais um tentáculo enrola-se em sua outra perna, e você luta por oxigênio enquanto é jogado de um lado para outro na água, tentando atingir seu oponente oculto.

COISA COM
TENTÁCULOS   Habilidade 8   Energia 10

Você vai se afogar caso não consiga matar o monstro em menos rodadas de ataque do que sua Habilidade atual (se a sua Habilidade for 9, por exemplo, deve matar o monstro em nove rodadas ou menos, ou se afogará). Se vencer, vá para **165**.

14

Dentro do pote, você encontra um anel de cobre com um raio gravado nele. Você vai:

Colocar o anel no dedo?	Vá para **277**
Erguer a tampa do pote preto?	Vá para **156**
Erguer a tampa do pote vermelho?	Vá para **183**
Atravessar a câmara até a passagem em arco no fundo do aposento?	Vá para **20**

15

A noite passa sem incidentes; você acorda ao amanhecer sentindo-se recuperado. Some 2 pontos de ENERGIA. Você joga a mochila nos ombros e parte mais uma vez (vá para **305**).

16

O virote de besta afunda em seu ombro, fazendo-o gritar de dor. Perca 3 pontos de ENERGIA. Se ainda estiver vivo, vá para **158**.

17

O corredor termina em uma porta feita de ferro. Você gira a maçaneta e entra em um aposento vazio que tem duas portas — uma à sua direita e outra à esquerda. Se quiser abrir a porta à esquerda, vá para **298**. Se quiser abrir a porta à direita, vá para **216**.

18

Você arranca um dos dentes do verme-de-areia gigante, que pode ser usado como arma. Você o enfia no cinto e continua para o sul. Você avança firme até o sol afundar no horizonte oeste. Sob o céu sem nuvens, o deserto logo fica muito frio. Se puder conjurar a magia fogo, vá para **177**. Se não tiver aprendido essa magia, vá para **395**.

19

Você escolhe uma tapeçaria aleatoriamente. A tapeçaria escolhida mostra uma fênix em chamas erguendo-se das cinzas. Você a guarda rápido na mochila e desce acelerado o corredor. Vá para **263**.

20

Além da passagem em arco, o corredor é bem iluminado e bem conservado. Não há areia ou sujeira no chão, e as estátuas e relevos nas paredes não apresentam sinais de deterioração. O corredor logo termina em uma porta que, você descobre, está destrancada. Você entra em um aposento vazio com uma porta do outro lado e um alçapão no chão. Se quiser abrir a porta, vá para **307**. Se quiser abrir o alçapão, vá para **397**.

21

A porta dá para um corredor bem em uma bifurcação em T. Uma das passagens corre para a esquerda e para a direita da porta, e a outra começa imediatamente à sua frente. Você não vê nada que chame a atenção para a direita e para a esquerda, então decide seguir pelo caminho diretamente à frente. Vá para **46**.

22

Você aponta o espelho para o horror-noturno, mas ele simplesmente o quebra em fragmentos com outro raio de seu cajado. Você não tem escolha a não ser atacar com a espada. Vá para **85**.

23

Você observa o corvo voar de volta à torre de Yaztromo antes de atravessar a ponte de corda. A tripulação da balsa não dá bola para você e continua suas várias tarefas. Depois de cruzar a ponte, você continua para o sul através do matagal. Mais ou menos uma hora depois, você vê fumaça erguendo-se no leste. Se quiser investigar a fonte da fumaça, vá para **316**. Se preferir continuar para o sul, vá para **159**.

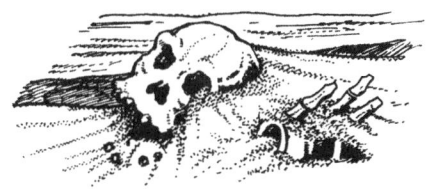

24

Você passa por um esqueleto branco e seco de alguma enorme criatura desconhecida e nota a lateral de uma caixa de madeira projetando-se para fora da areia, dentro da caixa torácica da fera morta. Se quiser desenterrar a caixa e abri-la, vá para **283**. Se preferir continuar caminhando, vá para **70**.

25

Com muito esforço, você acaba conseguindo sair do poço. Você dirige-se para a outra passagem em arco e segue por ela. Vá para **315**.

26

À medida que o dia se vai, sua sede se torna quase insuportável. Se tiver um cantil, vá para **217**. Se puder e quiser conjurar a magia criar água, vá para **372**. Se não tiver nenhuma forma de matar a sede, vá para **84**.

27

Você ergue o espelho à sua frente, mas o elemental do vento o sopra da sua mão, e você o observa se despedaçar no chão. Você é jogado de novo contra a parede. Perca 2 pontos de Energia. Você vai tentar:

Uma tapeçaria da fênix?	Vá para **229**
Uma máscara de ébano?	Vá para **241**
Nenhum desses itens?	Vá para **312**

28

Golpeando com a espada no ar, você tenta matar o inseto gigante, enquanto ele tenta acertá-lo com seu longo ferrão. Lute contra as moscas-agulha uma de cada vez.

	Habilidade	Energia
Primeira MOSCA-AGULHA	5	6
Segunda MOSCA-AGULHA	6	7
Terceira MOSCA-AGULHA	7	6

Se vencer, vá para **168**.

29

Você ergue a tampa devagar, perguntando-se o que vai encontrar dentro. Para sua surpresa e encanto, você vê um pequeno ornamento feito de prata — um artefato dracônico! Você guarda o dragão de prata no bolso e retorna pelo túnel, virando à direita em um novo corredor. Vá para **59**.

30

Uma criatura pegajosa, conhecida como devorador-de-ferro, caiu em sua cabeça. Por sorte, ela come apenas metal, e é inofensiva à carne humana. Você tira a coisa gelatinosa de seu cabelo, mas decide partir da adega de qualquer maneira. Você volta correndo para o aposento vazio e abre a outra porta. Vá para **307**.

31

Você passa mais de uma hora inconsciente no chão do deserto. *Teste a sorte*. Se for *sortudo*, vá para **220**. Se for *azarado*, vá para **92**.

32

Você pronuncia as palavras da magia (reduzindo sua ENERGIA em 1 ponto), mas nada acontece. Sem que você saiba, a chuva dourada drenou todos os seus poderes mágicos. Perca 1 ponto de SORTE. Você não tem escolha a não ser usar algo de sua mochila. Vá para **115**.

33

Você abre as sacolas, mas elas contêm apenas grãos e temperos. Com uma revista rápida nas roupas do homem-lagarto, você encontra uma chave grande de ferro, que guarda no bolso da camisa. Você continua adiante e chega a outra bifurcação em T. Se quiser ir para a esquerda, vá para **125**. Se quiser ir para a direita, vá para **262**.

34

Escolha uma das magias abaixo. Você será enviado de volta para esta referência depois de aprender a magia escolhida. Assim que tiver aprendido quatro magias, vá para **180**. Você considera a missão à frente, antes de dizer a Yaztromo sua escolha.

Abrir porta	Vá para **12**
Adormecer criatura	Vá para **58**
Compreender símbolos	Vá para **391**
Criar água	Vá para **367**
Detectar armadilha	Vá para **342**
Flecha mágica	Vá para **136**
Fogo	Vá para **264**
Idioma	Vá para **194**
Luz	Vá para **223**
Saltar	Vá para **301**

35

Você pega os dragões e os coloca no chão. Você os examina com cuidado e pondera sobre seu poder dormente. Qual dragão você vai tentar destruir primeiro?

O dragão de cristal?	Vá para **204**
O dragão de ébano?	Vá para **324**
O dragão de ossos?	Vá para **87**
O dragão de ouro?	Vá para **62**
O dragão de prata?	Vá para **126**

36

Em sua montaria voadora, você grita as palavras da magia flecha mágica (reduza 2 pontos de Energia). Um dardo brilhante aparece imediatamente na ponta de um de seus dedos e voa para o pterodátilo em pleno mergulho. O dardo afunda em sua barriga, mas não o mata, e ele se aproxima rápido para atacar (vá para **311**).

37

Você conjura a magia (reduza 1 ponto de Energia) e de repente se vê capaz de compreender os símbolos. Um aviso simples na placa diz "Não beba!", mas você decide que não vai acontecer nada se você apenas lavar seus ferimentos. Vá para **269**.

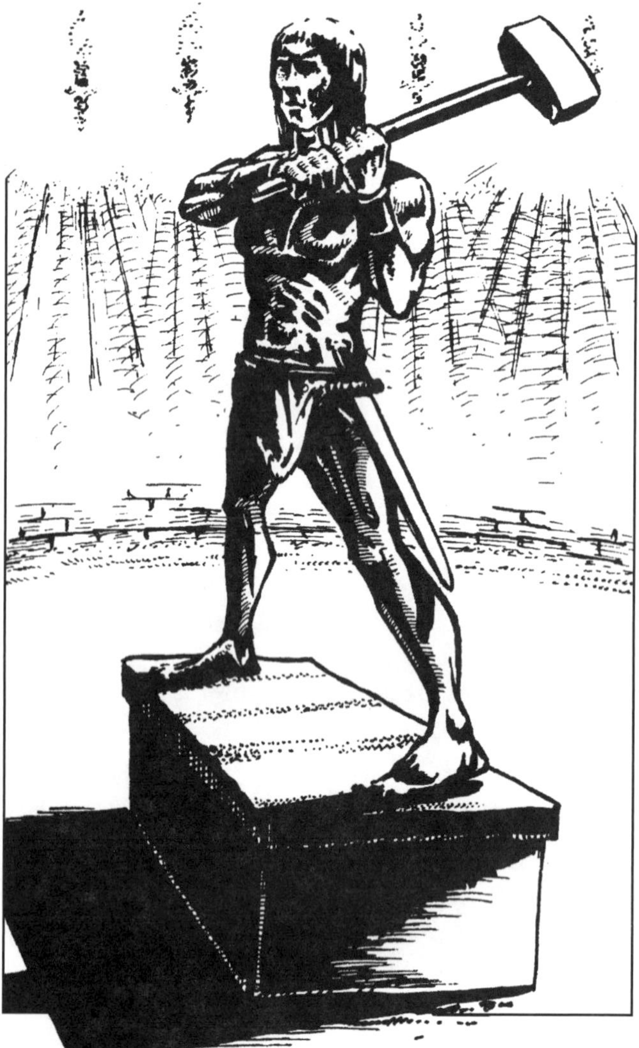

38

Você continua descendo o corredor, que finalmente leva para uma câmara ampla, iluminada por tochas presas alto nas paredes. No topo, as paredes se curvam para dentro, formando um magnífico teto dourado. Um enorme ídolo de bronze jaz de pé no meio da câmara, com seu martelo de guerra erguido. Você terá de passar pelo ídolo para alcançar a entrada do túnel no outro lado. Se quiser passar pela esquerda do ídolo, vá para **291**. Se passar pela direita do ídolo, vá para **381**.

39

Muito antes do meio-dia, você se vê desesperadamente com sede. Se tiver um cantil, vá para **63**. Se puder e quiser conjurar a magia criar água, vá para **281**. Se não tiver nenhuma forma de matar a sede, vá para **355**.

40

As tapeçarias são grandes e coloridas, retratando vários deuses e divindades, alguns em forma humana, outrps em forma animal, e uns poucos parte humanos, parte animais. Se quiser puxar uma das tapeçarias da parede e guardá-la na mochila, vá para **19**. Se preferir apenas passar por elas, vá para **263**.

41

Não há nada de interessante nas posses dos discípulos das trevas, a não ser por uma adaga de sacrifício que você guarda na mochila. Você vê uma passagem em arco na parede atrás do altar e decide seguir por ela. Vá para **341**.

42

Atravessando a porta por cima do corpo do guarda serpente, você se vê no meio de uma praça deserta. Vá para **111**.

43

Enquanto você avança pelo chão empoeirado até a porta no fundo, sua mente de repente se enche de imagens horripilantes. Você grita de terror quando acredita ver o aposento inteiro ser tomado por chamas. Sua carne parece queimar e a morte é iminente. Seu pesadelo continua por cinco minutos antes de a tensão o fazer perder a consciência. Você acorda mais ou menos uma hora depois e, enquanto tenta pôr-se de pé, percebe que perdeu parte da determinação e da coragem. Suas mãos tremem e você sente-se completamente abalado. Perca 3 pontos de HABILIDADE. Você cambaleia rumo à porta de ferro na parede do fundo e deixa o aposento do medo. Vá para **117**.

44

Através das cortinas semitransparentes, você consegue ver um homem de mantos brancos entrar na câmara, carregando um cálice de ouro. Ele usa um cocar preso por uma fivela dourada na forma de uma fênix, cujas asas estão abertas contra sua testa. Quando o sacerdote vê o guarda escravo, ajoelha-se e coloca o ouvido contra o peito do morto. Ele então olha para cima e, depois de vasculhar a câmara, sai da sala sem notá-lo. Sem perder tempo, você abre a porta. Vá para **336**.

45

Seu oponente corpulento é um pirata, um espadachim bem treinado. Ele saca rápido seu sabre da bainha enquanto a multidão ansiosa forma um círculo ao redor de vocês.

PIRATA   HABILIDADE 9   ENERGIA 8

Se vencer, vá para **166**.

46

Depois de uns cinquenta metros, seu avanço é interrompido por um poço profundo que toma toda a largura do corredor. Se puder e quiser conjurar a magia saltar, vá para **215**. Se for forçado a saltar o poço sem ajuda mágica, vá para **259**.

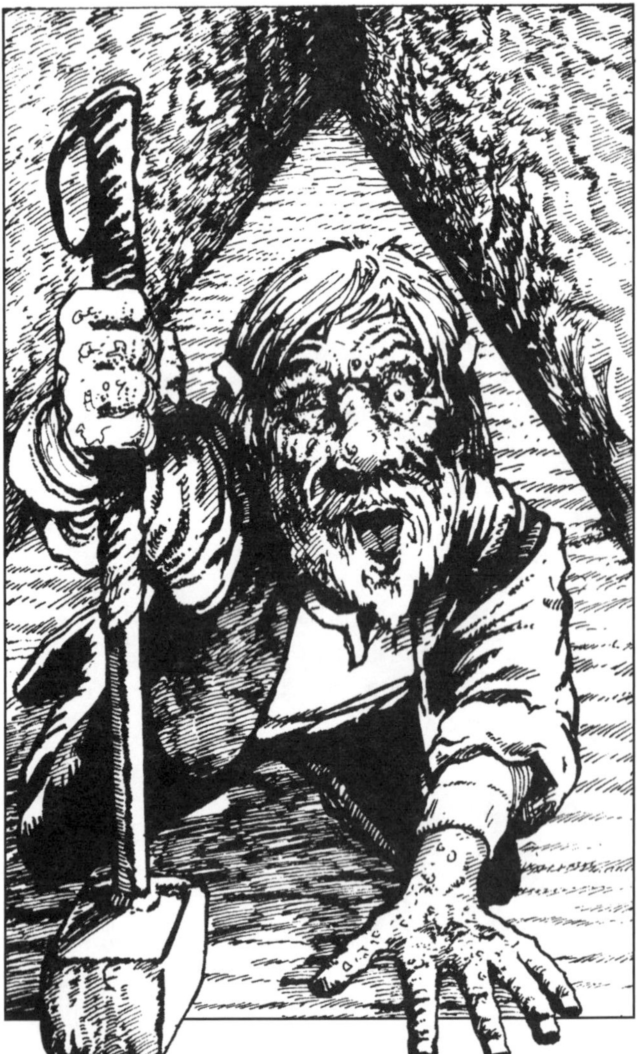

47

Você atravessa a porta correndo e entra em um cruzamento. À sua esquerda, você vê Leesha no fim do corredor, abrindo uma porta de ferro. À direita, você vê um anão arrastando-se na sua direção sobre joelhos e cotovelos. Seu rosto está vermelho e cheio de bolhas, e ele parece delirante de insolação. Ele parece reconhecê-lo, e chama com uma voz áspera. Se quiser continuar perseguindo Leesha, vá para **314**. Se quiser falar com o anão, vá para **171**.

48

O corpo da águia treme quando sofre o golpe fatal. Você desaba do céu como uma pedra e cai morto no solo abaixo. Sua aventura terminou.

49

O corredor termina em uma bifurcação em T. Se quiser ir para a esquerda, vá para **250**. Se quiser ir para a direita, vá para **333**.

50

Você quebra a pote de barro com o cabo da espada e fica surpreso pelo sibilo de gás escapando. A caixa é um baú do tesouro roubado, mas os bandidos não caíram na armadilha que havia nela. Sua cabeça é engolfada em uma nuvem de gás venenoso, que você não consegue deixar de inalar. Perca 6 pontos de ENERGIA e 1 de HABILIDADE. Se ainda estiver vivo, vá para 31.

51

Você corre para o mar e mergulha, nadando embaixo d'água por todo o tempo que consegue prender o fôlego. Só quando seus pulmões estão explodindo você emerge. Você olha para trás e vê o monstro de conchas flutuando acima do ponto em que você pulou no mar. Você nada pela costa e volta à praia apenas quando o monstro de conchas está além da vista. Duas porções de suas provisões estão encharcadas e não podem mais ser comidas. Você decide não arriscar uma caminhada pela praia, então ruma para o leste, para o interior do continente (vá para **327**).

52

O vapor pungente vai ficando mais forte, até que você se sente enjoado. O aposento começa a girar e você não consegue se manter consciente. Debatendo-se na beira do poço, você cai. *Teste a sorte*. Se for *sortudo*, vá para **8**. Se for *azarado*, vá para **130**.

53
Você não perde tempo revistando os corpos dos homens-esqueleto, e atravessa a passagem em arco correndo, rumo à câmara do outro lado. Vá para **119**.

54
Você pronuncia as palavras da magia (reduza 3 pontos de ENERGIA) e salta com facilidade por cima da muralha. Você aterrissa no meio de uma praça deserta. Vá para **111**.

55
A cadeira tem vários poderes misteriosos, e poucos ousam sentar-se nela. *Teste a sorte*. Se for *sortudo*, vá para **286**. Se for *azarado*, vá para **360**.

56
O corredor faz uma curva fechada para a esquerda de novo e você logo chega a outra bifurcação em T. O corredor está vazio e não há nada interessante à frente, então você decide virar à direita. Vá para **46**.

57

Outra bola de lama aterrissa perto dos seus pés e o vapor que sobe dela tem um cheiro forte e ácido. Decidindo que seria perigoso ficar mais tempo na adega escura, você volta aos degraus e abre a outra porta. Vá para **307**.

58

Yaztromo explica que a magia adormecer criatura fará com que qualquer criatura humanoide durma. Ele diz as palavras mágicas necessárias para conjurar a magia e que ela quase não vai lhe drenar energia; apenas 1 ponto de ENERGIA a cada vez que usá-la. Volte para **34**, depois de anotar a magia e seu custo em ENERGIA em sua *ficha de aventuras*.

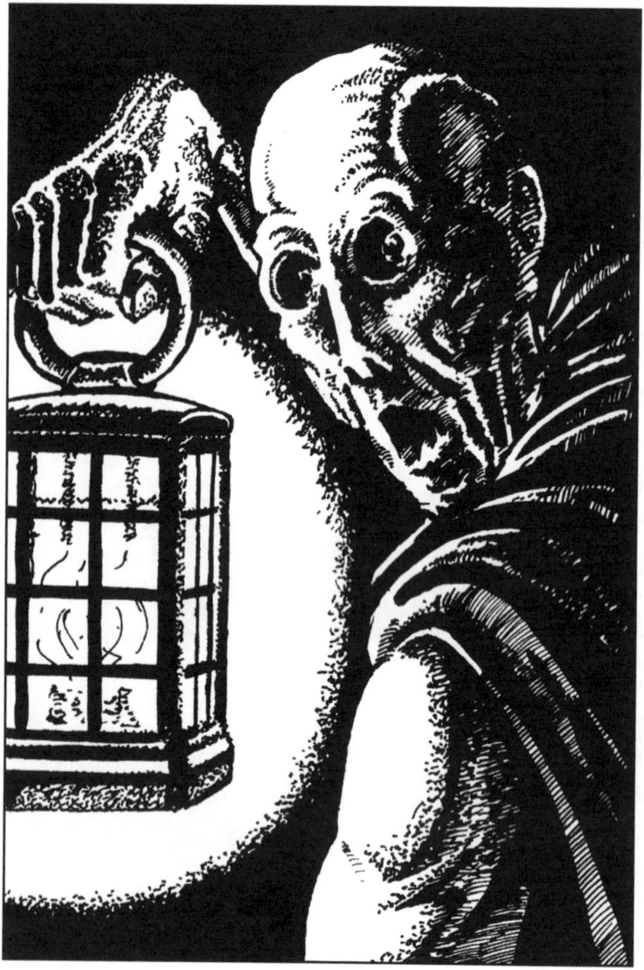

59

À frente, no corredor, você vê uma figura encapuzada carregando um lampião e caminhando para longe de você. Você a chama, mas a figura só caminha ainda mais rápido. Você aperta o passo e está para alcançá-la quando ela vira em sua direção, revelando sua cara horrível. Pele seca e amarela, puxada rente contra o crânio; olhos vermelho-sangue e fundos nas órbitas. Sobreviver ao olhar de um fantasma exige grande coragem. Role dois dados. Se o resultado for igual ou menor que a sua HABILIDADE, vá para **280**. Se for maior, vá para **253**.

60

O balde bate no chão de pedra quando a corda é cortada, espalhando seu conteúdo — ossos velhos — por todo o aposento. Reunindo-os, você descobre que um deles foi esculpido na forma de um dragão. É um dos artefatos que você procura! Você guarda o osso esculpido no bolso e dirige-se para a parede do outro lado do aposento. Vá para **21**.

61

Você não mostra misericórdia para com o gnomo e o atravessa com a espada. Você revista o aposento e encontra uma bolsa de seda púrpura dentro de uma caixa feita de latão. Você abre a bolsa e encontra uma braçadeira de prata com uma esmeralda grande incrustada. Se quiser colocar a braçadeira, vá para **384**. Se quiser descer a escada e voltar à bifurcação, vá para **262**.

62

Jazendo no chão, o artefato parece inofensivo, mas você suspeita que destruí-lo não será uma tarefa fácil. Se estiver carregando um martelo de guerra, vá para **247**. Se não tiver essa arma, vá para **193**.

63

Você despeja toda a preciosa água na boca e engole rápido. Mirando o cantil vazio, você começa a se arrepender. Você não tem escolha a não ser seguir em frente, mas pelo menos se sente refrescado (vá para **116**).

64

Em uma das caixas você encontra um medalhão de ouro com um coração entalhado. Se quiser colocar o medalhão no pescoço, vá para **163**. Se preferir deixar o medalhão na caixa e voltar ao último aposento para abrir a outra porta, vá para **298**.

65

Seu próprio reflexo não afeta o fura-olhos, e ele desce na sua direção. Você derruba o espelho e ouve-o despedaçar-se enquanto se apressa para sacar a espada. Perca 1 ponto de SORTE e vá para **236**.

66

Você logo chega ao lado de fora de outra porta. Não há nenhum barulho do outro lado, mas, quando experimenta a maçaneta, você descobre que ela está firmemente trancada. Você vai:

Conjurar a magia abrir porta?	Vá para 322
Tentar destrancar a porta com uma chave de ouro (se tiver uma)?	Vá para 110
Continuar descendo o corredor?	Vá para 17

67

O capitão sorri quando você lhe alcança o ouro, e diz que espera que você aproveite sua jornada pelo rio. Vocês apertam as mãos e você deixa a cabine (vá para 102).

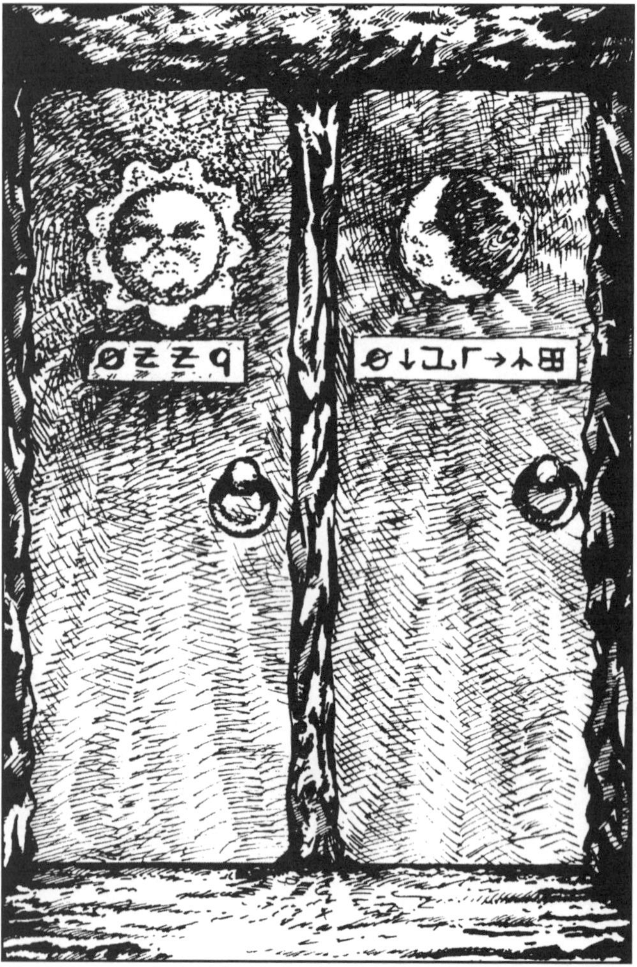

68

Você golpeia furiosamente a tranca até ela finalmente ceder. A porta abre para um corredor, pelo qual você desce até alcançar duas outras portas. Uma delas traz o símbolo do sol em alto-relevo, e a outra traz o símbolo da lua. Também há símbolos estranhos entalhados embaixo dos dois relevos. Você vai:

Conjurar a magia compreender símbolos (se puder)?	Vá para **255**
Abrir a porta do sol?	Vá para **243**
Abrir a porta da lua?	Vá para **273**

69

Você pega o sino de mão na mochila e o entrega ao alegre gnomo. Ele então abre uma caixa de latão, pega uma bolsa de seda púrpura e a joga para você. Você abre a bolsa e encontra uma braçadeira de prata com uma esmeralda enorme incrustada. Você a coloca no braço da espada e se despede do gnomo. Vá para **384**.

70

Você caminhou por mais ou menos uma hora quando o sol começa a se pôr. A areia plana do deserto não oferece nenhuma proteção, e você é forçado a dormir ao relento. A noite passa sem incidentes e você logo está viajando de novo. No meio da manhã, sua sede é grande e você anseia por um gole de água. Você vasculha os arredores e de repente vê uma planta verde e bulbosa, parecida com um cacto pequeno. Se quiser abrir a planta com a espada, vá para **120**. Se puder e quiser conjurar a magia criar água, vá para **345**. Se quiser simplesmente apertar o passo rumo ao sul, vá para **192**.

71

Os discípulos das trevas não acreditam em sua história e aproximam-se para atacá-lo com as foices. Vá para **188**.

72

O deserto logo aquece e você se vê movendo-se penosamente sob o sol branco. Não muito longe para o oeste, você vê o que parece um grupo de árvores com pássaros grandes voando em círculos acima. Se quiser caminhar até as árvores, vá para **142**. Se preferir continuar caminhando para o sul, vá para **39**.

73

Leesha parece surpresa por você ter conseguido invadir seu templo secreto e derrotar todos os seus guardas. Ela se ergue do divã e dá um passo na sua direção, segurando à frente um objeto preto e brilhante, em forma de lua crescente. Se puder e quiser enfrentá-la usando um dente de verme-de-areia gigante, vá para **219**. Se quiser atacá-la com a espada, vá para **282**.

74

Você pisa no túnel e nota que o chão começa a se inclinar para baixo. Ele finalmente desce até a beira de um aposento inundado. Água chega até ali através de uma cabeça de leão na parede. Há uma beirada na parede do fundo acima da água, e o túnel continua do outro lado dela. Você dá de ombros e entra na água escura. Quando você está com água na altura da cintura, um tentáculo longo emerge das profundezas. A água se agita quando o monstro açoita para todos os lados, sentindo que há comida por perto. Outro tentáculo de repente se enrola em sua perna e tenta puxá-lo para baixo da água. Você saca a espada e começa a golpear cegamente contra seu agressor. Se estiver usando um bracelete de escamas de sereia, vá para **396**. Caso contrário, vá para **13**.

75

A maligna harpia mergulha para atacá-lo com suas garras afiadas.

HARPIA   Habilidade 8   Energia 5

Se vencer, você parte para o sul de novo, mantendo os olhos abertos para outras criaturas hostis (vá para **86**).

76

Você arrasta-se para longe do poço, tentando escapar da fumaça, que o faz sentir-se enjoado. Quando finalmente é capaz de pôr-se de pé, você volta ao corredor tão rápido quanto pode. Vá para **364**.

77

Quando você está limpo dos cacos de vidro, não há ninguém à vista. O corredor continua por uma passagem de pedra em forma de arco na esquerda. Quem quer que tenha arremessado a garrafa não passou pelo arco, então você segue em frente. O corredor finalmente termina em uma bifurcação em T, e você percebe que é improvável que encontre seu agressor agora. Perguntando-se se era Malbordus atormentando-o, você considera o caminho a tomar. Se quiser ir para a esquerda, vá para **250**. Se quiser ir para a direita, vá para **333**.

78

Não muito longe pela praia, você vê uma linha de palmeiras e ruma para elas. Você encontra dois cocos na areia e os abre com a espada. Depois de beber o leite, você devora a macia carne branca do interior e deita-se na sombra para descansar. Some 3 pontos de ENERGIA. Conferindo seus pertences, você descobre que a água do mar atravessou o papel com cera que enrolava suas provisões. Role um dado e reduza o resultado de suas provisões. Se o resultado for 3 ou mais, perca também 1 ponto de SORTE. Quando finalmente sente-se pronto para caminhar, você levanta e decide o caminho a seguir. Se quiser rumar para o leste, para o interior do continente, vá para **327**. Se preferir descer pela costa para o sul, vá para **151**.

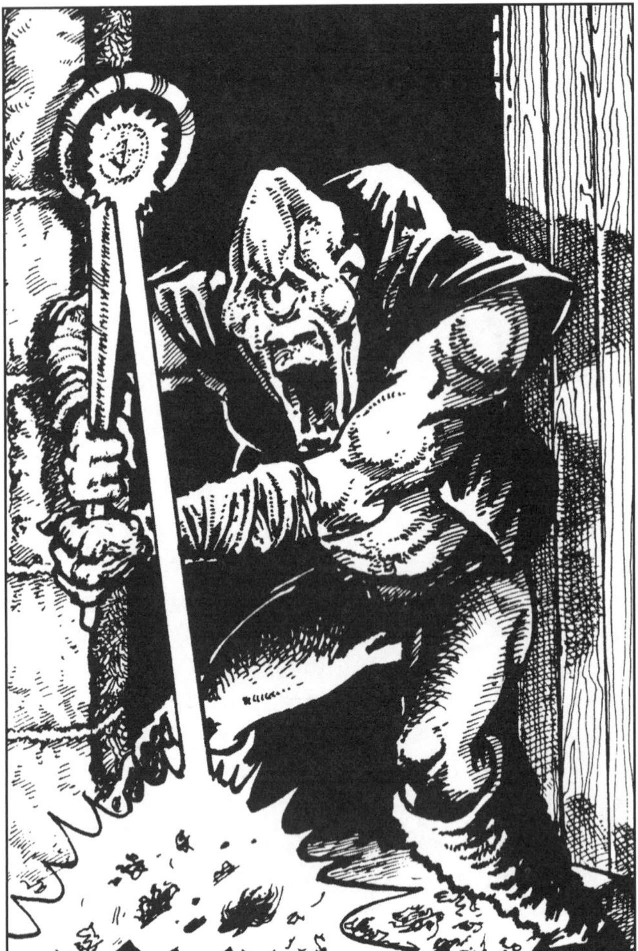

79

A porta dá para uma câmara iluminada por velas que tem um cheiro forte de mofo. O chão está coberto de lixo — pedaços de comida podre, cabelo emaranhado, cinzas, dentes e fezes de animais. Quando a porta às suas costas fecha, a porta à sua frente abre, e um mutante deformado e de um olho só entra no aposento, brandindo um cajado de prata. Um raio de luz branca dispara do cajado e deixa uma mancha escura de queimado no chão, perto dos seus pés. O sol já se pôs e o horror-noturno está espreitando os corredores de Vatos em busca de presas. Se quiser usar sua espada contra esta criatura repugnante, vá para **85**. Se preferir procurar alguma outra arma em sua mochila, vá para **309**.

80

O corredor logo vira à direita de novo e você chega a uma porta de ferro na parede da direita. Ao longe, você vê as luzes brilhantes dançando na escuridão do corredor. Se quiser abrir a porta de ferro, vá para **153**. Se quiser investigar as luzes dançarinas, vá para **339**.

81

O sol da tarde segue impiedoso, sua intensidade erguendo ondas brilhantes de calor da areia seca. Sua boca e garganta parecem ter sido assadas em um forno de barro, e você começa a sentir as consequências da perda de água. Perca 4 pontos de Energia. Desesperado para encontrar água, você aperta o passo, determinado (vá para **24**).

82

Há um pergaminho dentro do caixão com uma mensagem escrita com sangue seco que diz: "O mensageiro da morte espera por você". Um calafrio percorre sua espinha, e você rasga o pergaminho em pedaços. Chutando com raiva o caixão contra a parede, você dá uma olhada ao redor e decide o que fazer a seguir. Você vai:

Pegar algumas gemas?	Vá para **143**
Pegar a estatueta do esqueleto de ouro?	Vá para **386**
Deixar o aposento pela porta no fundo?	Vá para **3**

83

O gnomo fica grato por você não o ter matado. Ele diz que encontrou Vatos por acidente muitos anos atrás e decidiu ficar. Hoje é um catador de lixo na cidade e está bastante feliz. Vatos ficou deserta por muitos anos, mas aos poucos humanos e outras criaturas a encontraram enquanto buscavam abrigo, e alguns acabaram ficando. Não há lei em Vatos e não há ninguém no controle, embora em geral valha a lei do mais forte. Caravanas passando nas proximidades são atacadas em busca de alimento, com os ataques organizados pela alta sacerdotisa e seus escravos. Você pergunta se ele já ouviu falar de Malbordus, mas ele balança a cabeça e diz: "Não me interesso muito pelas outras pessoas. Apenas passo meu tempo reunindo e catando lixo. Talvez você tenha algo para trocar? Eu daria bastante em troca de uma daquelas coisas bonitas para fazer outras coisas parecerem mais perto do que realmente estão".
Se tiver um telescópio e quiser trocá-lo, vá para **138**.
Se não tiver o que o gnomo procura, vá para **321**.

84

O sol da tarde segue impiedoso, sua intensidade erguendo ondas brilhantes de calor da areia seca. Sua boca e garganta parecem ter sido assadas em um forno de barro, e você começa a sentir as consequências da perda de água. Perca 4 pontos de Energia. Desesperado para encontrar água, você aperta o passo, determinado (vá para **303**).

85

O horror-noturno é um oponente formidável e será difícil vencê-lo usando a espada.

HORROR
NOTURNO   Habilidade 10   Energia 10

Se vencer uma rodada de ataque, role um dado. Se o resultado ficar entre 1 e 3, seu golpe não terá ferido a carne morta-viva do horror-noturno. Se ficar entre 4 e 6, seu golpe o terá ferido normalmente. No entanto, sempre que o horror-noturno vencer uma rodada de ataque, sua Energia é reduzida em 2 pontos, e sua HABILIDADE em 1 ponto, devido ao efeito de dreno de vida do raio. Caso sua HABILIDADE seja reduzida a 0, sua vida foi completamente drenada e você morre. Se vencer, vá para **390**.

86

Enquanto você caminha, uma bolsa de couro de repente cai do céu à sua frente. Você abre a bolsa e encontra um bilhete dentro, escrito por Yaztromo. Ele diz: "Amigo, descobri más notícias. Malbordus já está na sua frente. Mas olhe para cima, pois há ajuda".

Obedecendo às instruções, você olha para cima e vê o que parece à primeira vista outra harpia, mas então nota que se trata de uma águia gigante, planando pelo ar. A águia circula descendo na sua direção até finalmente pousar quase sem esforço perto de você. Satisfeito por o velho Yaztromo estar preocupado com sua vida, você monta na águia. Vocês logo estão voando, atravessando rapidamente o Deserto dos Crânios. No entanto, sua boa sorte termina rapidamente, quando você ouve um guincho sinistro acima. Um pterodátilo mergulha guloso em busca de sua próxima refeição. Se estiver carregando arco e flecha, vá para **132**. Se puder e quiser conjurar a magia flecha mágica, vá para **36**. Se não tiver alguma forma de atacar à distância, vá para **363**.

87

Jazendo no chão, o artefato parece inofensivo, mas você suspeita que destruí-lo não será uma tarefa fácil. Se estiver carregando um martelo de guerra, vá para **362**. Se não tiver essa arma, vá para **193**.

88

A porta abre para um aposento vazio, a não ser por dois caixões de pedra, abertos no chão. Há um frio não natural e o aposento não é muito iluminado. Em um canto, você encontra um cálice de barro com um coração esculpido do lado de dentro da borda. Você guarda o cálice na mochila e deixa o aposento pela mesma porta por onde entrou, pois não há outra saída. Você volta pelo corredor e passa pela última bifurcação. Vá para **250**.

89

Você dá uma olhada ao redor, mas o velho não se encontra em lugar nenhum. Revistando rápido os bolsos dos ladrões, você encontra um pequeno telescópio de bronze e três botões de prata. Depois de guardar seus achados, você parte de novo em busca de um lugar onde ficar (vá para 379).

90
Você mal consegue rolar pelo buraco na porta quando o teto de pedra encontra o chão com uma batida alta. Você se recompõe e examina o aposento em que se jogou. Vá para 2.

91
Outro braço do túnel corre daquele que você está descendo, concedendo-lhe uma nova opção. Se quiser continuar em frente, vá para 347. Se preferir virar à esquerda no novo braço do túnel, vá para 59.

92
Quando você acorda, sente-se terrivelmente fraco. Sentado, você vê pegadas na areia — mas não foi você quem as fez. Você checa rápido sua mochila e descobre que todo o seu ouro foi roubado. Amaldiçoando sua má sorte, você parte mais uma vez para o sul (vá para 70).

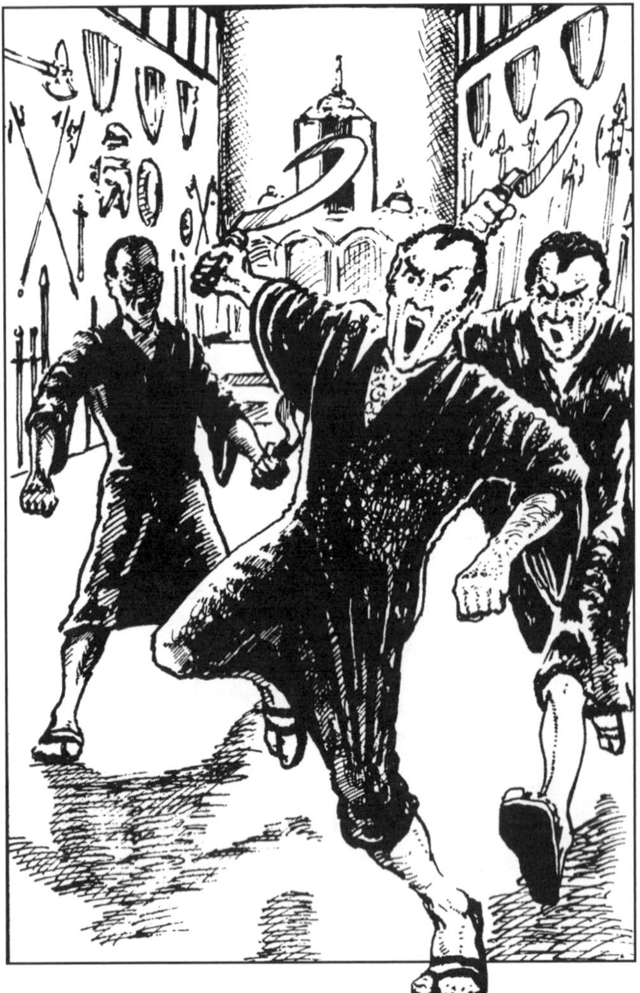

93

A porta dá para um salão amplo, cujas paredes estão cobertas de armas e armaduras. No fundo há um altar, onde três homens com pele pálida estão vestindo mantos marrom-escuros cerimoniais. Um deles o vê e avisa os outros. Cada um pega uma foice e avança para você. São discípulos das trevas. Se quiser dizer que veio aqui com um presente para Leesha, a alta sacerdotisa de Vatos, vá para **11**. Se quiser enfrentá-los, vá para **188**.

94

Depois de conjurar a magia (reduza 1 ponto de ENERGIA), você lentamente começa a compreender o padrão das conchas. É um aviso! Os próximos duzentos metros da praia são solo sagrado, que não deve ser pisado por mortais. Isso deixaria o demônio da praia furioso. Se quiser ignorar o aviso e continuar caminhando pela praia, vá para **6**. Se preferir rumar para o interior do continente, vá para **327**.

95

A luz logo some quando você arrasta-se pelo túnel, até que você não consegue mais ver as próprias mãos à frente do rosto. Você vai:

Conjurar a magia luz (se puder)?	Vá para **221**
Continuar arrastando-se no escuro?	Vá para **246**
Arrastar-se para fora do túnel, deixar o aposento e subir o corredor?	Vá para **344**

96

Assim que você está para atravessar a passagem em arco rumo à câmara do outro lado, os homens-esqueleto erguem-se do chão. Você mal consegue acreditar nos próprios olhos enquanto eles avançam lentamente para você. Paralisado de medo, você não consegue impedi-los de afundar suas lanças no seu peito. Você cai de joelhos e desaba de cara no chão. Sua aventura termina aqui.

97

O elmo foi feito por um ferreiro habilidoso. Ele confere grande proteção. Some 1 ponto de HABILIDADE. Determinado a encontrar o primeiro artefato dracônico, você desce o corredor para o sul. Vá para **140**.

98

Você entra em um aposento com chão de mármore que está vazio, a não ser por uma cabeça de bronze de uma mulher bonita, afixada na parede do fundo. Você fica surpreso quando os lábios de repente começam a se mover, e você a ouve falar: "Bem-vindo à sala da pergunta", diz a voz suave. "Faz uma era desde que falei com alguém. Você é obrigado a responder minha pergunta ou morrerá. Responda corretamente e será recompensado. Erre e sofrerá. Agora diga-me: quantas peças de ouro Leesha dá para o vencedor da competição artística?" Se souber quantas peças de ouro perfazem o prêmio, vá para a referência de mesmo número. Se não souber a resposta, vá para **154**.

99

Ao vê-lo, o cavaleiro do deserto saca a espada e para o camelo. Você o chama, dizendo que não deseja lutar com ele. Você descobre que ele vai se juntar à caravana de um mercador. Você pergunta se ele tem alguma água sobrando e ele diz que pode vender um cantil, mas não em troca de dinheiro. Se puder e quiser trocar um botão de prata ou uma pérola por um cantil de água, faça os ajustes necessários em sua *ficha de aventura*. Depois de despedir-se do cavaleiro do deserto, você parte para o leste de novo (vá para **257**).

100

Depois de apenas alguns goles do líquido, você sente-se terrivelmente enjoado. Algumas das ervas eram altamente venenosas. Role dois dados e reduza o resultado de sua ENERGIA. Se ainda estiver vivo, vá para **76**.

101

Uma culpa terrível o toma quando você tira a espada do corpo do morto. Você o rola e vê que se trata claramente de um forasteiro, talvez até enviado para ajudá-lo. Você tenta se convencer de que era um caçador de tesouros ou um assassino, mas as dúvidas são incômodas e não vão embora. Mas não há nada que você possa fazer além de ir embora. Vá para **80**.

102

A balsa não é muito grande, nem feita para receber passageiros, mas você encontra um rolo de corda grossa e se deita nele. Depois de sua longa caminhada, você pega no sono rápido e não acorda até que um membro da tripulação bate no seu ombro, dizendo que o Porto Areia Negra está à vista. Você põe-se de pé e observa a sinistra cidade ficar cada vez maior à medida que vocês se aproximam; dez minutos depois, vocês passam por baixo do grande arco de entrada nas muralhas da cidade. A tripulação logo atraca a balsa, obedecendo às ordens frenéticas do capitão, que está obviamente ansioso para descarregar e partir antes do anoitecer. Você se despede e parte em busca de um lugar para passar a noite. As sombras começam a ficar mais longas enquanto você caminha pelas ruas e becos estreitos. Um velho trajando farrapos de repente salta de uma porta e diz: "Procurando um lugar onde dormir, estranho? Posso recomendar um bom lugar que oferece um quarto, sopa e pão por apenas 1 peça de ouro. Venha comigo se estiver interessado". Se quiser pagar e seguir o velho, vá para **332**. Se preferir continuar procurando sozinho, vá para **379**.

103

Percebendo que você é vulnerável a seus poderes mágicos, Malbordus saca sua espada amaldiçoada e avança confiante. A espada tem a habilidade de paralisia, e apenas sua própria técnica pode salvá-lo agora.

MALBORDUS   Habilidade 10   Energia 18

Se perder as três primeiras rodadas de combate, você será paralisado pela espada maligna e Malbordus sairá triunfante. O caos reinará sobre Allansia. Se vencer a batalha sem perder três rodadas de combate, vá para **400**.

104

A flecha acerta o alvo, mas não mata o pterodátilo. Ele grasna e se afasta, mas então mergulha de novo para atacar. Se quiser disparar outra flecha no réptil gigante, vá para **199**. Se preferir deixar os gigantes voadores lutarem, vá para **311**.

105

O artista franze as sobrancelhas e diz: "Você tem um gosto terrível. Não saberia a diferença entre arte e o sovaco de um orc!". Se quiser atacar o descarado artista, vá para **123**. Se preferir deixá-lo com seu trabalho e passar por ele pelo corredor, vá para **376**.

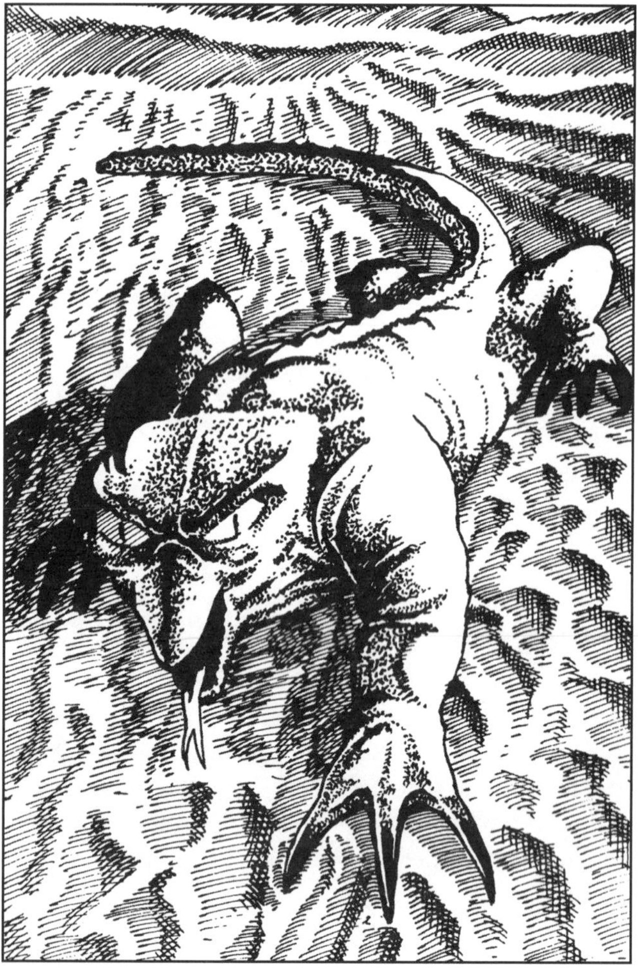

106

Você de repente vê movimento na areia, produzido pelo que parece um lagarto grande. Quando ele se aproxima rápido, você vê que sua cabeça é mais ou menos parecida com a de um pássaro, e seus olhos são grandes e amarelos como os de um sapo. É um basilisco, uma fera mortal. Você vai:

Enfrentá-lo com a espada?	Vá para **228**
Conjurar a magia fogo (se puder)?	Vá para **189**
Procurar outra arma na mochila?	Vá para **313**

107

A bolsa não contém nada além de uma pequena chave de ouro. Você a guarda no bolso e continua sua jornada. Vá para **10**.

108

Você caminha e caminha sob o lancinante sol do deserto. Mais para o fim da tarde, você vê pegadas na areia cruzando seu caminho, indo do leste para o oeste. Se quiser seguir as pegadas, vá para **205**. Se preferir continuar para o sul, vá para **303**.

109

Arrastando-se às cegas, você não vê um fio que dispara uma armadilha. Você acidentalmente a ativa com o braço. Uma besta oculta atira seu virote contra você. *Teste a sorte*. Se for *sortudo*, vá para **16**. Se for *azarado*, vá para **368**.

110

A chave cabe na fechadura e abre-a com um clique depois de apenas meia volta. Segurando firme no cabo de sua espada, você abre a porta. Vá para **98**.

111

Olhando ao redor, você não vê nenhum sinal de vida. Do outro lado da praça há uma enorme passagem em arco feita de pedra. Parece um bom lugar onde começar a procurar os artefatos dracônicos. Você atravessa o arco rumo a uma escadaria de pedra que desce para um corredor iluminado por tochas abaixo. Descendo os degraus de pedra, alerta, você imagina onde Malbordus possa estar. No pé da escadaria, você vê um caixão de ferro. Se quiser abrir o caixão, vá para **287**. Se preferir caminhar para o sul pelo corredor, vá para **140**.

112

As uvas são tão saborosas quanto sua aparência indica, e também foram produzidas com um propósito especial. Elas têm propriedades mágicas especiais. Some 4 pontos de E<small>NERGIA</small>. Quando tiver comido o suficiente, você continua descendo o corredor. Vá para **237**.

113

Você saca a espada e avança correndo para os mortais elfos negros. Enfrente um de cada vez.

	H<small>ABILIDADE</small>	E<small>NERGIA</small>
Primeiro ELFO NEGRO	5	6
Segundo ELFO NEGRO	6	5

Se vencer, você encontra 2 peças de ouro nos pertences dos elfos negros, e pode levar um arco e as duas flechas restantes. Depois de enterrar o pobre homem assassinado pelos elfos, você parte para o sul mais uma vez (vá para **285**).

114

Quando pronuncia as palavras mágicas, a fechadura solta um clique e abre. Reduza 2 pontos de Energia pela magia e vá para **88**.

115

O elemental expira com força de novo, e você é jogado mais uma vez contra a parede enquanto procura em sua mochila. Perca 2 pontos de Energia. O que você vai pegar na mochila?

Um espelho?	Vá para **27**
Uma tapeçaria da fênix?	Vá para **229**
Uma máscara de ébano?	Vá para **241**
Nenhum desses itens?	Vá para **312**

116

O calor implacável do sol pesa sobre você, mas não há nenhum lugar na paisagem desolada que possa oferecer um pouco de sombra. Se estiver usando um lenço de cabeça, vá para **289**. Se sua cabeça estiver desprotegida, vá para **275**.

117

A porta abre para outro corredor. Olhando para a esquerda, você não vê nada de interessante, mas, para a sua direita, vê luzes brilhantes dançando na escuridão do corredor. Curioso para descobrir por que as luzes estão se movendo, você avança na direção delas. Vá para **339**.

118

Quando você entoa a magia, um dardo brilhante aparece na ponta de um de seus dedos e voa para encontrar a mosca-agulha. Ela é morta de imediato. Você conjura rápido mais dois dardos e os dispara nos dois insetos restantes (lembre-se de reduzir 6 pontos de Energia por conjurar a magia três vezes). Vá para **168**.

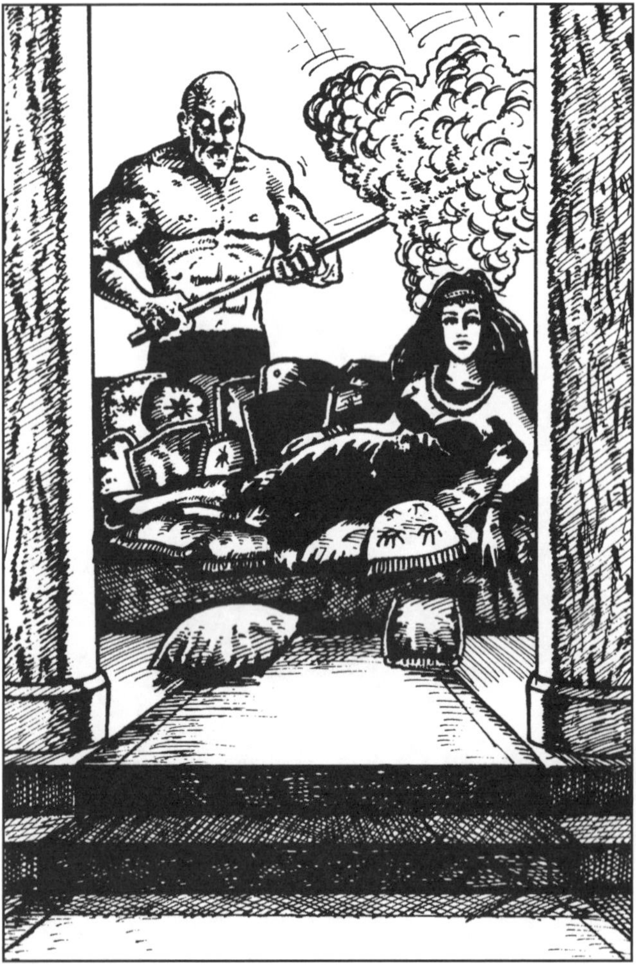

119

Você atravessa a passagem em arco, sobe uma escadaria de degraus de mármore e entra em uma câmara luxuosa, cujo teto alto é sustentado por filas paralelas de pilares de mármore. No topo da escadaria, deitada em um divã coberto de almofadas de cetim, há uma bela mulher. Ela está sendo abanada por uma criatura feia e careca. Ele tem peito humano musculoso, mas seu rosto é magro e seus olhos são brancos como leite. Você entrou no santuário interno de Leesha. Ela sorri, estala os dedos e seu servo cego avança pesado para os degraus para enfrentá-lo.

SERVO   Habilidade 8   Energia 8

Se vencer, vá para **73**.

120

Você divide o topo da planta em dois e vê que ela está cheia de água. Evitando os espinhos com cuidado, você bebe goles e mais goles de água fria e logo sente-se refrescado. Quando tiver bebido o suficiente, você parte mais uma vez para o sul. Vá para **377**.

121

O raio de luz voa e acerta seu peito, jogando-o contra a parede. Perca 2 pontos de ENERGIA e 1 de HABILIDADE pelo efeito que drena a vida. Que item você vai tirar da sua mochila?

Um sino de mão feito de bronze?	Vá para **198**
Um dente de verme-de-areia gigante?	Vá para **331**
Um espelho?	Vá para **22**

122

Você não consegue alcançar o outro lado do poço por pouco, bate na parede dele e cai nas profundezas escuras abaixo. Você aterrissa pesado uns dez metros depois, ferindo-se seriamente. Perca 6 pontos de ENERGIA e 1 de HABILIDADE. Se ainda estiver vivo, vá para **325**.

123

O artista não tenta se defender quando você o golpeia com a espada. Mas, em vez de feri-lo, sua espada atinge um escudo invisível. Ela salta de sua mão, vira-se contra você e então voa com um baque surdo para o seu peito. Ela perfura seu coração, matando-o instantaneamente.

124

Embora o homem tenha batido em você, é ele que grita e xinga até que as três canecas estejam cheias de novo. Mais uma peça de ouro é gasta para pagar pela bebida dele, e você começa a se perguntar quanto seu dinheiro vai durar. Você finalmente consegue sair do movimentado bar e se trancar no seu quarto. Você acorda ao amanhecer depois de uma noite inquieta, coçando loucamente as picadas inflamadas de percevejos no colchão de palha. Sem perder mais tempo na Lagosta Negra, você desce o cais rumo ao *Beladona* que, você percebe, tem a bandeira do crânio e dos ossos cruzados — a bandeira de um navio pirata! Atravessando a prancha de embarque cuidadosamente, você entra no navio (vá para **238**).

125

O corredor logo termina em um beco sem saída, embora haja uma escada levando para cima, por um buraco no teto. Se quiser subir a escada, vá para **329**. Se preferir voltar pelo corredor e continuar reto passando pela última bifurcação, vá para **262**.

126

Jazendo no chão, o artefato parece inofensivo, mas você suspeita que destruí-lo não será uma tarefa fácil. Se estiver carregando um martelo de guerra, vá para **231**. Se não tiver essa arma, vá para **193**.

127

Você larga o medalhão ardente na areia e vê uma grande letra M marcada dolorosamente na palma da sua mão. Felizmente, não é no seu braço da espada. Perca 1 ponto de ENERGIA. Percebendo que Malbordus deve estar à sua frente, você continua para o sul tão rápido quanto possível (vá para **159**).

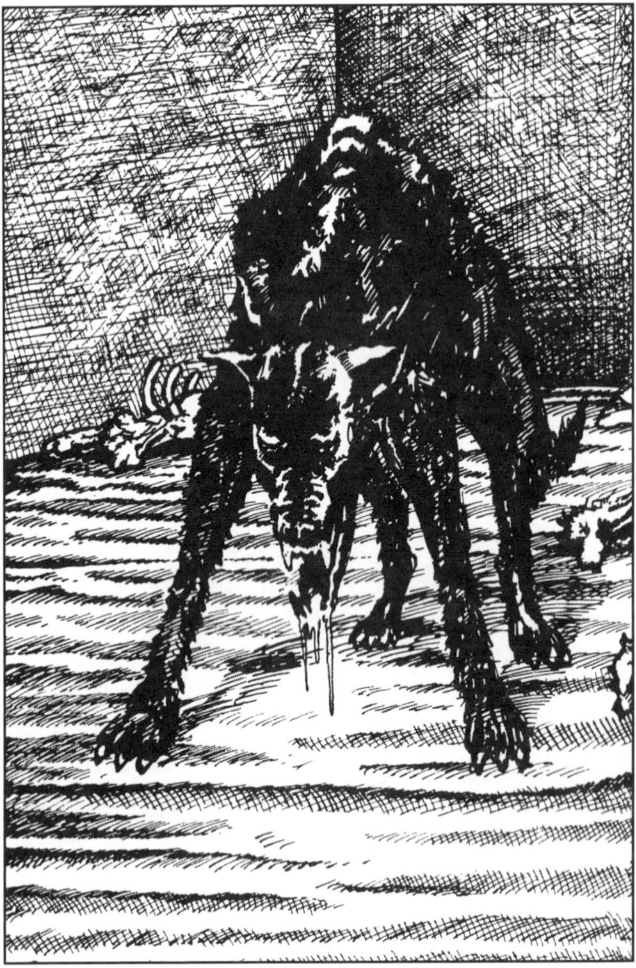

128

A porta dá para um aposento vazio, a não ser por uma enorme pilha de ossos em um canto. Marcas de arranhões na parede parecem ter sido feitas por garras. Você ouve rosnados vindo de uma passagem baixa em arco na parede do fundo. A porta às suas costas de repente abre e três ossos com pedaços grandes de carne são jogados no aposento, antes de a porta ser fechada de novo. Os rosnados tornam-se latidos altos e, de repente, um enorme cão-da-morte entra no aposento. Ele o vê e ataca de imediato.

CÃO-DA-MORTE   HABILIDADE 9   ENERGIA 10

Se vencer, vá para 378.

129

Quando a tempestade de areia finalmente termina, você vê um objeto brilhante se projetando da areia. Você aproxima-se, puxa o objeto e descobre que trata-se de um sino de mão. Você o guarda na mochila e aperta o passo para o leste (vá para 26).

130

Você cai na água com um chapinhar alto. Você nem percebe que sua carne está ficando mais mole e se descolando dos seus ossos. A água agora é como ácido concentrado devido à reação com a coisa com tentáculos. Sua aventura terminou.

131

Você senta com um susto quando ouve um zunido vindo do corredor do outro lado da chuva dourada. Há uma porta atrás das cortinas, mas está trancada e não há tempo para abri-la. Se quiser esconder-se atrás das cortinas, vá para 44. Se quiser confrontar o que quer que esteja entrando na câmara, vá para 227.

132

O pterodátilo mergulhando é um alvo difícil, mas você mira com cuidado antes de soltar a flecha. Role dois dados e some 3 ao resultado. Se o total for igual ou menor que sua HABILIDADE, vá para **104**. Se for maior, vá para **254**.

133

Há um cheiro ácido e pungente no ar quando a criatura gelatinosa conhecida como devorador-de-ferro começa a digerir seu elmo. Você joga o elmo no chão e sobe os degraus correndo antes que sua espada também seja devorada. Por sorte, o devorador-de-ferro é inofensivo para a carne humana. Perca 1 ponto de HABILIDADE pela perda do elmo. De volta ao aposento vazio, você abre a outra porta. Vá para **307**.

134

Consciente de sua situação terrível, você fecha os olhos e investe contra o basilisco, brandindo a espada. Mas o basilisco tem outra arma natural — seu sopro venenoso. Incapaz de ver para onde corre, você é uma presa fácil para a fera. Você logo jaz morto, caído de cara no chão de areia.

135

Quando você não consegue abrir a porta, a chave de cristal cai por entre seus dedos. Ela se estilhaça com o impacto, e você se dá conta de que está tudo perdido. Quando o teto desce implacável contra o chão, há um triturar repugnante de ossos. Sua aventura termina aqui.

136

Yaztromo explica que a magia flecha mágica faz com que um dardo brilhante seja disparado da ponta de seu dedo com precisão mortal contra qualquer alvo. Ele pronuncia o encantamento necessário para conjurar a magia e diz que ela não drenará muita vitalidade; apenas 2 pontos de Energia em cada uso. Volte para **34**, depois de anotar a magia e seu custo em pontos de Energia na *ficha de aventuras*.

137

A porta leva para um salão, no fundo do qual você vê Leesha desaparecendo por outra porta. Há um ídolo de bronze, no formato de um cachorro, de pé no meio do salão. Se quiser parar e inspecionar o ídolo, vá para **186**. Se preferir seguir Leesha, vá para **47**.

138

Você pega o telescópio de bronze na mochila e o balança na frente do gnomo para implicar com ele. Ele começa a esfregar as mãos e a rir baixinho de animação. Ele chuta um tapete do caminho e começa a puxar um anel de ouro, antes escondido, ligado a uma das lajes. A pedra levanta, revelando uma pequena câmara recheada de itens e objetos acumulados pelo gnomo ao longo dos anos. Você examina a pilha e mal pode acreditar em seus olhos quando vê um pequeno dragão de cristal. Trata-se de um dos artefatos que você procura. Você o pega e dá ao gnomo o telescópio. Despedindo-se dele, você desce a escada e volta ao corredor, passando pela última bifurcação. Vá para **262**.

139

Se puder conjurar a magia detectar armadilha, vá para **197**. Se não conhecer esta magia, vá para **179**.

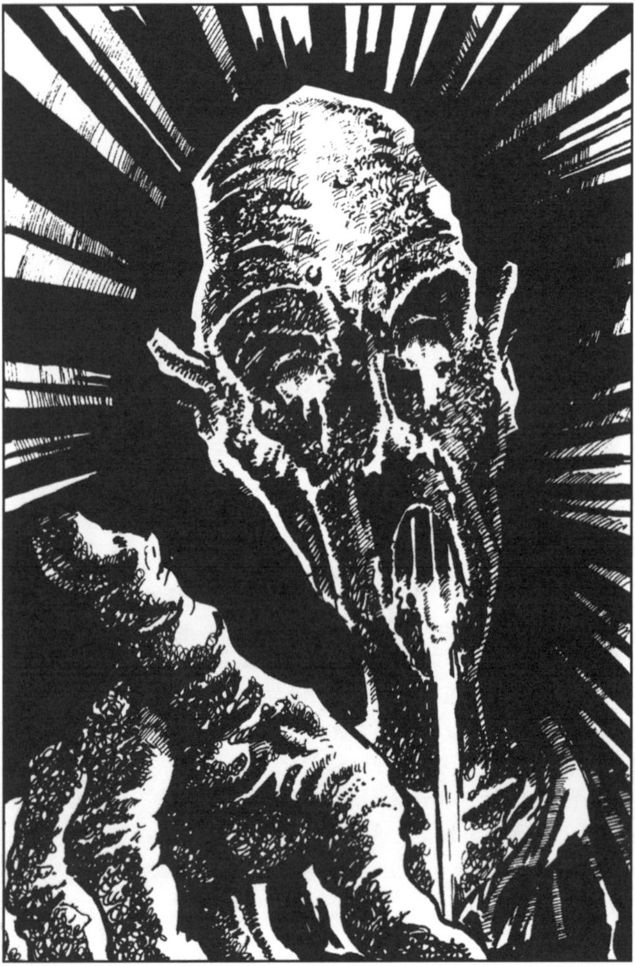

140

Enquanto desce o corredor, você de repente sente uma batidinha leve no ombro. Você gira e vê uma criatura horrível cujo corpo magro está coberto por farrapos. Seus olhos são vazios e sua boca está coberta por um lodo grosso que faz sua voz borbulhar quando ela sussurra "Morte" no seu ouvido. O mensageiro da morte então desaparece, mas de alguma forma você sabe o que aconteceu. O mensageiro da morte é um assassino sádico que joga com suas vítimas. Mantendo-se à sua frente, ele colocará cada letra da palavra "morte" em diversos lugares. Se você encontrar e ler as letras dessa palavra, o mensageiro da morte reaparecerá para rejubilar-se com a visão de sua vida se esvaindo. O assassino de Malbordus trouxe uma virada inesperada em sua busca pelos artefatos. Vá para 330.

141

Você pega um molho de chaves de bronze no cinto do torturador e encontra uma que abre os grilhões da vítima. No início ele tem medo de você, acreditando tratar-se de um truque, mas aos poucos você o convence de que não lhe deseja nenhum mal. Você descobre que seu nome é Thiita, e que ele era um servo da alta sacerdotisa Leesha, pego enquanto tentava escapar de Vatos. Ele pergunta por que você está andando pelo calabouço de Vatos, e você conta sobre Malbordus, sua missão e sobre o mensageiro da morte. Seus olhos se esbugalham e ele diz: "Vi uma figura encapuzada de repente se materializar à frente dos meus olhos na sala do tesouro onde estava me escondendo antes de ser capturado. Só vi seu rosto uma vez, apenas por um instante, e era horrível. Ele colocou algo dentro de um caixão de ouro e então desapareceu de novo". Thiita recusa a oferta de acompanhá-lo, dizendo que tentará fugir de novo. Você lhe deseja sorte e se despede. Vocês deixam o aposento juntos, mas tomam caminhos diferentes corredor abaixo. Vá para **66**.

142

Quando se aproxima, você vê que as árvores cercam uma poça de água. Você encontrou um oásis. Se quiser beber da água, vá para 337. Se quiser continuar para o sul sem beber da água, vá para 207.

143

As gemas estão vermelhas de tão quentes, embora não emitam qualquer calor à distância. *Teste a sorte*. Se for *sortudo*, vá para 252. Se for *azarado*, vá para 338.

144

Você parece ficar pendurado no ar por eras, mas acaba aterrissando do outro lado do poço. Você não perde tempo e continua em frente. Vá para 152.

145

O raio de luz passa sua cabeça e chamusca a parede às suas costas. Qual item você vai puxar da mochila?

Um sino de mão feito de bronze?	Vá para **198**
Um dente de verme de areia gigante?	Vá para **331**
Um espelho?	Vá para **22**

146

Você diz ao capitão que não vai pagar mais do que 2 peças de ouro. Ele debocha de sua oferta, mas, depois de um pouco de negociação, vocês concordam em 3 peças de ouro. Vocês apertam as mãos e você sai da cabine (vá para **102**).

147

Incapaz de decifrar os símbolos, você decide perseguir quem quer que tenha jogado a garrafa. Vá para **77**.

148

Uma figura magra, trajando farrapos, de repente se materializa à sua frente. Você começa a sentir-se fraco e cai de joelhos; você sente que o mensageiro da morte está se deliciando com sua morte lenta. Você perdeu a chance de destruir os artefatos dracônicos, e Malbordus sairá triunfante. Você falhou em sua missão.

149

A luta acabou. Seus dois braços são presos pelos tentáculos do abocanhador-da-areia. Você é puxado devagar para a boca escancarada e é lentamente digerido. Sua aventura chega a um fim terrível.

150

O teto desce rápido, e você tem que pará-lo enquanto tenta encaixar a chave de cristal na fechadura. *Teste a sorte*. Se for *sortudo*, vá para **209**. Se for *azarado*, vá para **135**.

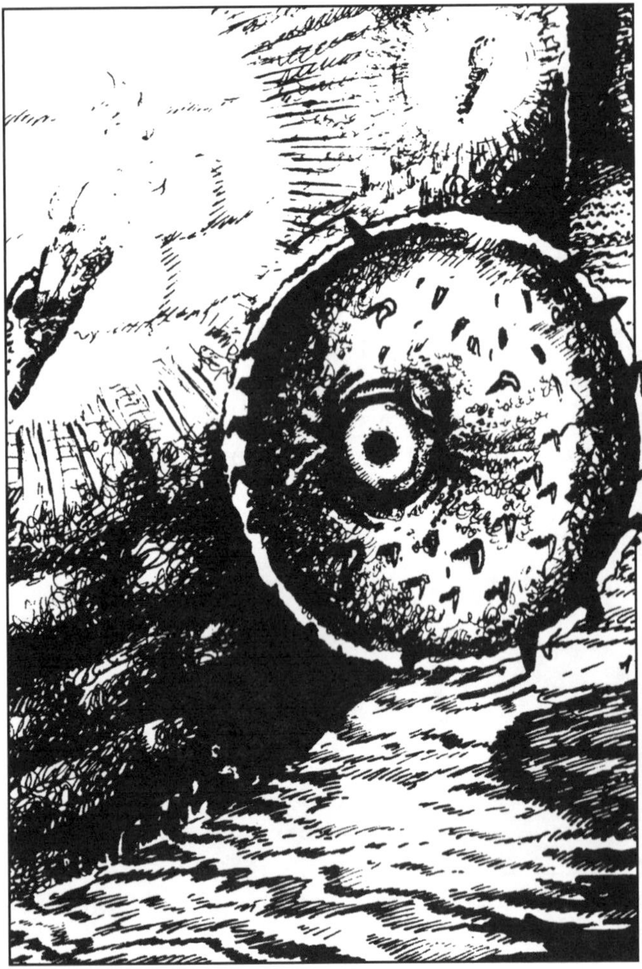

151

Não muito adiante na praia, você nota um padrão estranho na areia, feito de centenas de conchas de cauri. No meio das conchas, meio enterrada no chão, há uma lança adornada com penas de pássaros marinhos. Você vai:

Continuar caminhando pela praia?	Vá para **6**
Caminhar para o leste, rumo ao interior do continente?	Vá para **327**
Conjurar a magia compreender símbolos (se puder)?	Vá para **94**

152

Na escuridão do corredor iluminado por tochas, você vê uma horrível criatura flutuando no ar e bloqueando a passagem. É redonda, com um olho enorme no centro de seu corpo de escamas verde-escuras. O fura-olhos flutua na sua direção, tentando mesmerizá-lo com seu olhar hipnótico e furá-lo com seus espinhos. Se quiser enfrentar o assassino com a espada, vá para **236**. Se preferir procurar na sua mochila alguma coisa para usar, vá para **387**.

153

A porta dá para um aposento iluminado por tochas presas às paredes. Se quiser atravessar o chão poeirento rumo a uma passagem em arco do outro lado, vá para **261**. Se preferir continuar pelo corredor rumo às luzes dançantes, vá para **339**.

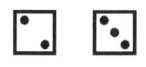

154

"Estou desapontada com você, guerreiro", continua a cabeça falante. "Esperava mais." Uma fumaça verde começa a subir da boca e você começa a entrar em pânico. Antes que você possa alcançar a porta, a fumaça rodopia ao redor de seu rosto, deixando-o desorientado. Perca 3 pontos de HABILIDADE e 4 de SORTE. Quando a fumaça finalmente se esvai, a cabeça de bronze está parada e silenciosa. Você deixa o aposento e sobe o corredor. Vá para **17**.

155

Você esmaga o escorpião com a bota e segue afastando as rochas. No meio delas, você encontra um pequeno saco branco de algodão, que está amarrado ao redor de um item esférico. Se quiser desamarrar o saco, vá para **349**. Se preferir deixar o saco amarrado entre as rochas e continuar para o sul, vá para **39**.

156

Dentro do pote há uma pata seca, mais ou menos do tamanho da de um macaco. Você vai:

Levar a pata?	Vá para **318**
Erguer a tampa do pote branco?	Vá para **14**
Erguer a tampa do pote vermelho?	Vá para **183**
Atravessar a câmara até a passagem em arco no fundo?	Vá para **20**

157

O corredor logo termina em uma bifurcação em T. Se quiser ir para a esquerda, vá para **175**. Se quiser ir para a direita, vá para **353**.

158

Você rilha os dentes e arranca o virote do ombro. Você arrasta-se dolorosamente pelo túnel, que por fim abre-se para um aposento poeirento, iluminado por tochas presas às paredes. Vá para **43**.

159

O dia se encerra e você faz um bom progresso pela mata. Quando está finalmente escuro demais para continuar caminhando, você encontra abrigo em um grupo de rochas. Role um dado. Se o resultado for 1, vá para **398**. Se for qualquer outro número, vá para **15**.

160

Há uma linha de janelas na parede do fundo, uma das quais está aberta. Você ouve um trovão e aproxima-se da janela aberta para olhar para fora. A luz intensa fere seus olhos e, embora o sol esteja brilhando, ele é tapado por uma figura negra no céu. Um enorme dragão negro ganha os céus e você vê um homem de aparência maligna cavalgando-o. O dragão ruge e você ouve a risada malévola de Malbordus. O dragão voa para o norte, e não há nada que você possa fazer para impedi-lo. Malbordus comandará suas hordas do caos através de Allansia e o mundo perecerá sob sua sombra. Você falhou em sua missão.

161

O mural se estende pela parede por aproximadamente vinte metros e retrata uma grande batalha. Uma massa de mortos-vivos, açoitada por vis orcs, empurra um exército de humanos e anões. O líder dos mortos-vivos está quase todo escondido por mantos negros, a não ser por seu crânio reptiliano. Seus olhos verdes, malignos e frios encaram ameaçadores do mural. Ele parece segurar um caixão que está sugando o espírito do rei dos humanos e anões, para quem a batalha parece perdida. Você está fascinado pelos detalhes pintados no caixão, e se maravilha com sua magnificência. "Você gosta do meu trabalho?", vem a pergunta repentina de trás de você. Você gira e vê um homem de pé, calmo, com manchas de tinta na mão e um pincel atrás da orelha. Ele sorri e parece satisfeito por você ter demonstrado interesse em seu trabalho. Você vai:

Atacá-lo?	Vá para **123**
Responder à pergunta?	Vá para **296**
Passar por ele e continuar caminhando?	Vá para **376**

162

O corredor vazio faz uma curva fechada para a esquerda. Depois de quinze metros, você vê uma manopla caída no chão de pedra. Se quiser colocar a manopla em sua mão da espada, vá para **201**. Se preferir passar por cima dela e continuar caminhando, vá para **56**.

163

Não acontece nada visível quando você coloca o medalhão no pescoço, mas, sem que você saiba, o medalhão foi feito para ser usado por vítimas de sacrifício. Perca 1 ponto de SORTE. Sem encontrar mais nada de interessante, você volta ao último aposento e abre a outra porta. Vá para **298**.

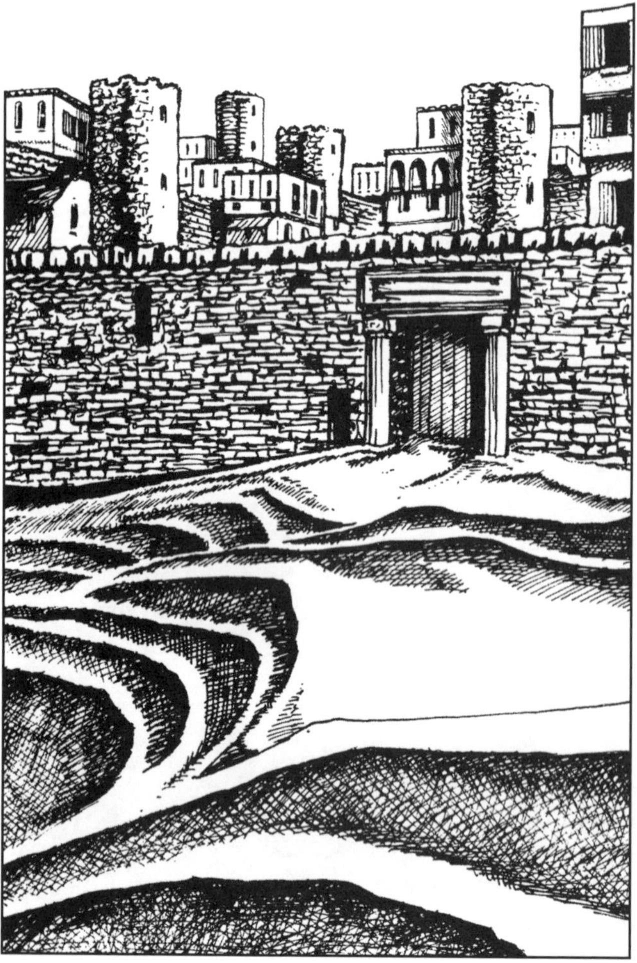

164

Perscrutando entre a névoa brilhante, você vê uma muralha alta de pedra a menos de meio quilômetro. Vários tetos e torres de pedra dentro da muralha projetam-se acima dela. Quando se aproxima, você vê que a areia soprada pelo vento se amontoou alto contra a muralha e que nenhuma trilha ou estrada leva até o portão de entrada, parcialmente bloqueado pela areia. "Vatos!", grita uma voz dentro de você. Se quiser abrir uma porta secundária de madeira próxima ao portão de entrada, vá para **382**. Se puder e quiser conjurar a magia saltar, vá para **54**.

165

A água está vermelha-escura com o sangue. Quando você começa a escalar a partir da saliência, a água de repente fica preta, e um vapor acre sobe da superfície. Se quiser ficar na beira da água para ver o que acontece a seguir, vá para **52**. Se preferir continuar para o túnel, vá para **91**.

166

A multidão não o impede de desamarrar a bolsa de couro pendurada no pescoço do pirata morto. Você deixa os observadores murmurando e sobe para seu quarto, onde se tranca. Você abre a bolsa e encontra 2 peças de ouro e uma pérola grande. Você ajeita-se para dormir e acorda ao amanhecer, depois de uma noite inquieta. Para seu desgosto, você descobre que está coberto de picadas inflamadas de percevejos do colchão de palha. Sem perder mais tempo na inóspita Lagosta Negra, você faz seu caminho pelo cais até o *Beladona* que, você vê, tem a bandeira do crânio com os ossos cruzados — a bandeira de um navio pirata! Atravessando a prancha de entrada cuidadosamente, você entra no navio (vá para 238).

167

Seu corpo inteiro treme quando o raio de luz voa em zigue-zague do cajado e destrói a fechadura na porta. Mas a arma não foi feita para o uso de mortais, e você sofre as consequências. Perca 1 ponto de HABILIDADE e 2 de ENERGIA. Você larga o cajado no chão e atravessa a porta aberta para o outro aposento. Vá para 2.

168

Você passa por cima dos corpos das moscas-agulha e continua sua jornada. Depois de meia hora de caminhada firme, você tropeça em um homem trajando mantos, caído no chão com o rosto virado para a areia. Se quiser parar para averiguar uma bolsa de couro nas mãos do morto, vá para **107**. Se preferir continuar caminhando, vá para **10**.

169

Você aperta lentamente o outro botão e observa outro raio de luz disparar do cajado. Mas, desta vez, ele acerta a porta e destrói a fechadura. Seu corpo treme uma segunda vez, e você percebe que esta arma não foi feita para ser usada por mortais. Perca 1 ponto de HABILIDADE e 2 de ENERGIA. Você larga o cajado no chão e atravessa a porta rumo a outro aposento. Vá para **2**.

170

Você afasta as cortinas bravamente, meio que esperando a revelação de um sinal da morte.. Mas há apenas uma porta simples de ferro, que, quando você experimenta a maçaneta, abre sem estar trancada. Você vai:

Abrir a porta?	Vá para **365**
Virar à esquerda no corredor?	Vá para **335**
Virar à direita no corredor?	Vá para **162**

171

Você corre para o lado do anão e descobre que ele é um enviado de Ponte de Pedra, a mando de Yaztromo. Ele trouxe o lendário martelo de guerra de Ponte de Pedra, para que você possa esmagar os artefatos dracônicos. Nada além deste martelo de guerra pode destruir os dragões. Ele também conta que um mago disse-lhe que é vital que o dragão encontrado mais perto da entrada das catacumbas seja destruído primeiro. A voz do anão vai ficando cada vez mais pesada, até que ele finalmente desaba no chão. Não há nada que você possa fazer para ajudar o valoroso anão, mas você sente-se mais determinado do que nunca a ter sucesso na missão. Agarrando o mítico martelo de guerra, você corre pela passagem até a porta de ferro pela qual Leesha desapareceu. Vá para 314.

172
O golem desaba no chão, quebrando-se em vários pedaços. Passando por cima dos destroços de pedra, você avança até a entrada do túnel. Vá para 74.

173
O capitão ri e diz: "Errado! Levem o pirata pra ser açoitado e jogado para fora do navio". Você é preso de imediato, e deve encarar sua perdição. Sua aventura termina aqui.

174

Você começa a gritar a plenos pulmões para abafar o cântico hipnotizante e saca sua espada para atacar os discípulos das trevas. Vá para **188**.

175

Você segue o corredor até ele fazer uma curva fechada para a direita. Ao fazer a curva, você vê uma criatura reptiliana alta trajando armadura e brandindo uma espada curva. O homem-lagarto parece estar protegendo alguns sacos que estão empilhados contra a parede. Se puder e quiser conjurar a magia adormecer criatura, vá para **232**. Se preferir lutar com a criatura usando sua espada, vá para **7**.

176

Outra bola de lama cai do teto e acerta sua cabeça. Se estiver usando um elmo, vá para **133**. Caso contrário, vá para **30**.

177

Você diz as palavras mágicas da magia fogo e cria uma fogueira grande o suficiente para mantê-lo aquecido durante a noite. Perca 1 ponto de Energia pela conjuração. Na luz do amanhecer, você continua sua jornada pelo deserto (vá para **72**).

178

Usando o método escolhido para destrancar a porta (se usou magia, reduza 2 pontos de Energia), você atravessa a porta para outro aposento. Você joga o cajado de prata de volta pela porta e ouve o ranger do teto começando a descer de novo. Sabendo que está a salvo de um ataque vindo de suas costas, você dá uma olhada no aposento em que agora se encontra. Vá para **2**.

179

Você não tinha como saber, mas a porta é uma ilusão. Há um poço à frente da parede onde você acredita que a porta esteja, e você cai no fundo, uns dez metros abaixo. Role 1 dado e reduza o resultado de sua Energia. Se ainda estiver vivo, vá para **25**.

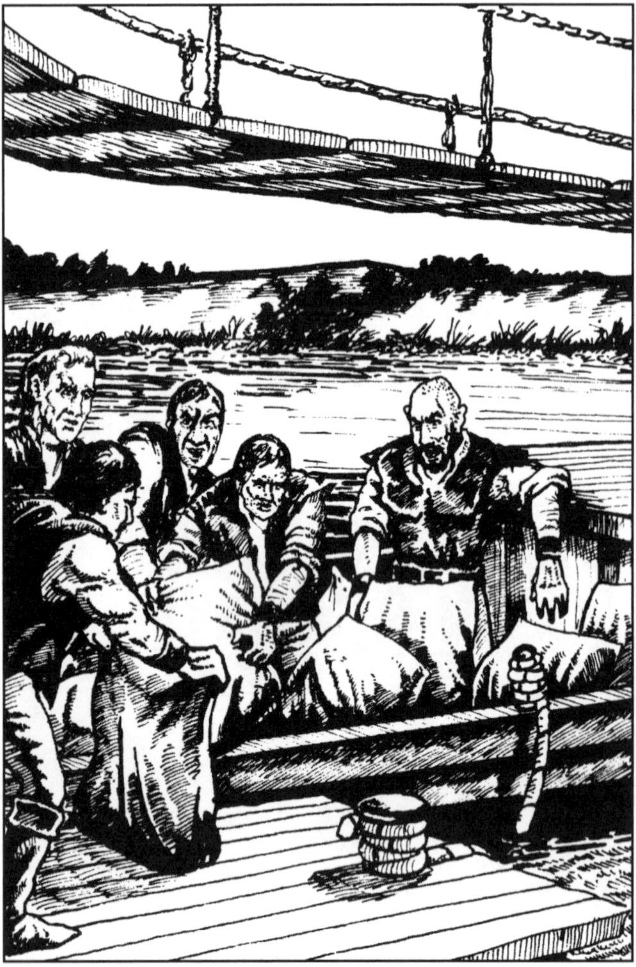

180

O velho mago o encara solene e diz: "Cada minuto é vital, você deve começar sua jornada imediatamente. Malbordus sem dúvida vai descobrir sobre sua missão e vai enviar um assassino ou dois contra você. Meu corvo o levará até o Rio Bagre. De lá, você pode tomar um barco até o Porto Areia Negra e então um navio para o sul, ou viajar por terra até o Deserto dos Crânios. Há uma tarefa difícil à sua frente, mas estaremos torcendo por você". Yaztromo o conduz de volta pela escada em espiral até a rua. Ele de repente dá um assovio agudo; um corvo grande mergulha de imediato do topo da torre e se aninha em seu ombro. "Agora, corvo, guie nosso amigo até o Rio Bagre e mantenha-se vigilante. A última coisa de que precisamos é uma emboscada na nossa porta." Vocês se cumprimentam e você certifica Yaztromo de que destruirá os dragões de Vatos antes que Malbordus possa atingir seu propósito maligno. Ele sorri e lhe entrega uma bolsa com 25 peças de ouro. Ele então ordena que o corvo voe para o sul. O corvo grasna e sai voando. Você aperta o passo atrás dele, virando apenas uma vez para abanar e despedir-se de Yaztromo. Caminhando pelo capim alto, um calafrio percorre sua espinha quando você pensa que assassinos possam estar atrás de você. Você caminha firme para o sul, desviando apenas duas vezes para evitar perigos avistados pelo corvo. Três horas depois, você chega às margens do Rio Bagre no ponto onde ele é atravessado por uma ponte de corda. Uma balsa velha está ancorada em um trapiche abaixo da ponte, e você vê várias figuras mal-encaradas descarregando sacos. Se quiser atravessar a ponte, vá para **23**. Se preferir comprar uma passagem na balsa para o Porto Areia Negra, vá para **213**.

181

O artista ri e diz: "Nunca esperei um cumprimento neste lugar maligno! Sem dúvida você foi trazido aqui por uma promessa de grandes riquezas pela alta sacerdotisa Leesha. Apostei minha vida em minha reputação. Talvez você não saiba, mas Leesha é uma grande amante da arte, apesar de seus caminhos terríveis e cruéis. Todo ano, ela convida secretamente artistas para produzir sua obra dentro da cidade perdida. Corredor abaixo você verá tapeçarias e em outros lugares há esculturas em madeira e gravuras. Ela julga cada obra, e o veridicto é final, muito final. O vencedor recebe 300 peças de ouro, e os perdedores são sacrificados em honra ao Ser das Trevas. Desnecessário dizer, mas acho que vou ganhar. Ela deu um anel de proteção a cada um, para que nenhum mal se abata sobre nós enquanto produzimos nossas obras. Meu nome é Murkegg, e é um prazer conhecê-lo". Você pergunta se ele já ouviu falar de um homem chamado Malbordus, mas ele nega com a cabeça. Você reforça que é muito importante que você encontre Malbordus, e pergunta se ele tem algum conhecimento dos túneis e passagens. Murkegg esfrega o queixo e responde: "Temo que não possa ser de muita ajuda, pois passo a maior parte do tempo pintando. Sei que o santuário interno de Leesha só pode ser alcançado passando por uma cortina de chuva dourada. Talvez quem quer que você esteja procurando esteja aos cuidados de Leesha. Tudo o que posso fazer é desejar-lhe boa sorte". Vocês se cumprimentam e você aperta o passo corredor abaixo. Vá para **376**.

182

Você golpeia com a espada e a afunda no olho de seu adversário letal, derrubando-o no chão. Um fluido amarelo e nojento esvai-se dos olhos dele e corrói o chão de pedra enquanto emite vapores tóxicos no ar. Você prende o fôlego e passa correndo pelo fura-olhos. Vá para **340**.

183

O pote está vazio, mas a sorte não está do seu lado. O lado de baixo da tampa do pote tem a letra O escrita com carvão, um presente do mensageiro da morte. Perca 4 pontos de ENERGIA e 1 ponto de SORTE. Você joga a tampa no chão, mas é tarde demais. Você vai:

Erguer a tampa do pote branco?	Vá para **14**
Erguer a tampa do pote preto?	Vá para **156**
Atravessar a câmara até a passagem em arco no fundo do aposento?	Vá para **20**

184

Você pronuncia as palavras mágicas da magia de Yaztromo e um dardo brilhante aparece na ponta de um de seus dedos. O dardo voa e afunda no peito da harpia em pleno voo. Ela é morta instantaneamente e desaba, batendo no chão com um baque alto. Reduza 2 pontos de E<small>NERGIA</small> pela conjuração. Mantendo os olhos abertos para outras criaturas hostis, você continua sua jornada para o sul (vá para **86**).

185

O fantasma pega a pérola em pleno ar. Rindo de sua tentativa patética de matá-lo, o fantasma agarra seu braço com a mão livre e você é paralisado instantaneamente. Perca 4 pontos de E<small>NERGIA</small>. Quando alguma sensação retorna a seus membros, o fantasma está bem longe da vista. Caminhando meio duro pelo túnel, você continua sua busca. Vá para **190**.

186

Você nota que a boca do ídolo abre e fecha, e descobre que a mandíbula inferior se abre quando você puxa a orelha esquerda para baixo. Dentro da boca do cachorro, você encontra um artefato que vinha procurando — um pequeno dragão de ouro. Você o guarda rápido no bolso e volta a perseguir Leesha. Vá para **47**.

187

Quando o navio começa a afundar, toda a equipe de canhões corre para os degraus de madeira que levam para o convés superior. Na louca luta para escapar, você é golpeado na nuca. Você cai inconsciente no convés e afoga-se a bordo do navio quando este afunda de vez.

188

Os discípulos das trevas soltam um uivo quando avançam para atacá-lo. Lute com um de cada vez.

	HABILIDADE	ENERGIA
Primeiro DISCÍPULO DAS TREVAS	9	5
Segundo DISCÍPULO DAS TREVAS	8	6
Terceiro DISCÍPULO DAS TREVAS	9	5

Se vencer, vá para **41**.

189

Sabendo que um único olhar dos olhos penetrantes do basilisco é suficiente para matá-lo, você pronuncia as palavras mágicas da magia fogo com os olhos fechados. Uma parede defensiva de fogo de repente se ergue ao seu redor e arde até o basilisco cansar de esperar e ir embora. Conjurar a magia custa 2 pontos de ENERGIA. Só quando você tem certeza de que o basilisco está bem longe você deixa as chamas morrerem e continua seu caminho (vá para **108**).

190

O túnel finalmente termina em uma bifurcação em T. A passagem que cruza o túnel tem sinais de uso mais frequente. As paredes são decoradas com murais e tapeçarias e há tochas em intervalos regulares, iluminando bem o ambiente. Se quiser virar à esquerda rumo aos murais, vá para **161**. Se quiser virar à direita rumo às tapeçarias, vá para **40**.

191

Quando chega ao fim do corredor, você percebe que o que viu não era uma cortina brilhante, mas um borrifo de chuva dourada que cascateia de uma série de buracos no teto em uma poça no chão. O corredor vira para a esquerda no ponto onde a chuva dourada cai, e corre até onde a vista alcança. Se quiser continuar pelo corredor, vá para **249**. Se preferir atravessar a chuva dourada, vá para **354**.

192

Enquanto continua, você tem dificuldade em andar em uma linha reta devido à fraqueza causada pela desidratação. Perca 4 pontos de ENERGIA. Apenas sua determinação em vencer Malbordus o mantém caminhando (vá para **377**).

193

Você saca a espada e bate com o cabo no dragão. A espada quica, deixando o artefato completamente intacto. Mas você cometeu um erro fatal ao usar a espada. Suas juntas começam a enrijecer e você sente sua pele retesar-se contra seus ossos. Seu corpo inteiro é lentamente petrificado, até que você não passa de uma estátua de pedra sem vida. Sua aventura termina aqui.

194

Yaztromo explica que a magia idioma permite compreender qualquer criatura com quem você tentar se comunicar, não importa que idioma ela fale. Ele diz o encantamento necessário para conjurar a magia e que a energia perdida é insignificante; apenas 1 ponto de ENERGIA. Volte para **34**, depois de anotar a magia e seu custo em pontos de ENERGIA na *ficha de aventuras*.

195

Você concentra-se na conjuração da magia, tentando afastar de sua cabeça as vozes entoando o cântico. O esforço é grande (reduza 1 ponto de ENERGIA), mas você tem sucesso e as três figuras trajando mantos caem no chão, adormecidas. Você não perde tempo e avança até a passagem em arco na parede atrás do altar. Vá para **341**.

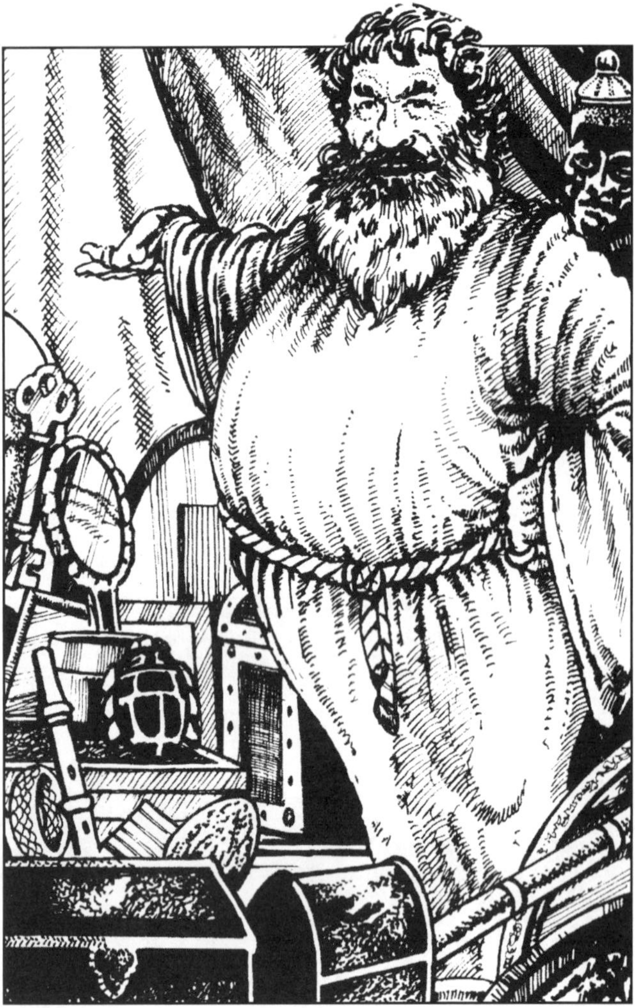

196

Você está a não mais de dez passos da tenda quando de repente uma aba da tenda é aberta por um homem gordo, de barba, vestindo mantos amarelos, com os dedos adornados por anéis de ouro. Ele não tenta ameaçá-lo, e pede que você entre na tenda, dizendo: "Forasteiro, parece que você precisa de um descanso. Por favor, aceite minha hospitalidade. Talvez eu possa até convencê-lo a comprar alguma das minhas mercadorias exóticas". Não percebendo nenhum perigo aparente, você entra na tenda e senta em um tapete. O nômade, cujo nome é Abjul, lhe dá comida e bebida, que fazem você se sentir muito mais forte. Recupere 4 pontos de ENERGIA. Abjul sorri e diz: "Agora, o que você vai comprar, meu amigo?". Ele fala animado de cada item que tem para vender:

Amuleto de besouro feito de marfim	2 peças de ouro
Bracelete de escamas de sereia	3 peças de ouro
Cera de lacrar	2 peças de ouro
Chave de cristal	3 peças de ouro
Espelho de prata	4 peças de ouro
Flauta de osso	2 peças de ouro
Ovo de ônix	3 peças de ouro
Máscara de ébano	3 peças de ouro

Se puder e quiser comprar algum item de Abjul, faça os ajustes necessários em sua *ficha de aventuras*.

Abjul diz que ele acha que Vatos fica na parte sul do Deserto dos Crânios, e você decide seguir seu conselho. Agradecendo pela ajuda, você parte para o sul (vá para **389**).

197

Uma voz interior diz para você pronunciar as palavras mágicas (reduza 2 pontos de ENERGIA). Você de repente vê que o arco não existe. É simplesmente uma ilusão, escondendo um poço à frente da parede. Você detecta que o outro arco é genuíno, e o atravessa. Vá para **315**.

198

Você toca o sino e observa com prazer o horror-noturno largar o cajado e tentar cobrir os ouvidos com suas mãos deformadas. Ele grita em agonia silenciosa, e então desaba no chão. Mas sua satisfação é curta, porque você ouve um rangido acima. O cajado de prata, fora das mãos do proprietário, ativou magicamente um mecanismo no teto de pedra, que começa a descer sobre você. Você corre para abrir uma das portas, mas ambas estão firmemente trancadas e não podem ser abertas, mesmo usando a magia de Yaztromo. Você vai:

Pegar o cajado de prata?	Vá para **290**
Experimentar uma chave de cristal na porta (se tiver uma)?	Vá para **150**
Tentar abrir um buraco na porta usando a magia fogo (se conhecê-la)?	Vá para **239**

199
Quando você procura outra flecha na mochila, a águia ganha altitude para ludibriar o pterodátilo. Você agarra as penas para não cair e, com isso, derruba seu arco. Você o vê espiralar rumo ao chão, e agora não pode fazer mais do que esperar a conclusão da batalha por começar (vá para **311**).

200
Sem encontrar nada que você acredite que possa destruir o fura-olhos, você decide confiar no ferro frio e saca a espada. Vá para **236**.

201

Sem que você saiba, a manopla é amaldiçoada e afetará sua destreza. Perca 1 ponto de HABILIDADE. Sem desconfiar de sua deficiência, você continua caminhando. Vá para **56**.

202

Enquanto caminha, você de repente nota um cheiro cáustico de ervas no ar. Ele vai ficando mais forte à medida que você se aproxima do fim do corredor, onde há uma poça em forma de lua crescente. Há uma placa de bronze na parede com símbolos estranhos gravados nela que dizem ⌀Z ⊀Z⌈ ⌀← →⊀⊢. Você vai:

Conjurar a magia compreender símbolos (se puder)?	Vá para **37**
Beber um pouco do líquido de ervas?	Vá para **100**
Lavar seus ferimentos com o líquido de ervas?	Vá para **269**
Voltar pelo corredor?	Vá para **364**

203

"Vou mostrar quem é desajeitado!", rosna o homem de pavio curto quando ele esmaga os frascos no seu rosto. Perca 1 ponto de ENERGIA. Se quiser lutar com ele, vá para **45**. Se preferir guardar sua ira para Malbordus e ir para seu quarto, vá para **251**.

204

Jazendo no chão, o artefato parece inofensivo, mas você suspeita que destruí-lo não será uma tarefa fácil. Se estiver carregando um martelo de guerra, vá para **9**. Se não tiver essa arma, vá para **193**.

205

Não passa muito tempo até você encontrar o corpo de um homem caído de bruços na areia. Não há sangue ou qualquer outro sinal de que ele tenha sido atacado, mas ainda assim ele está morto, apesar do cantil de água que está pela metade. Há um olhar de agonia no rosto do morto, como se tivesse testemunhado algo inexplicavelmente terrível. Não há nenhum pertence do homem que você possa usar, a não ser o cantil. Você o guarda na mochila e parte para o sul mais uma vez (vá para **303**).

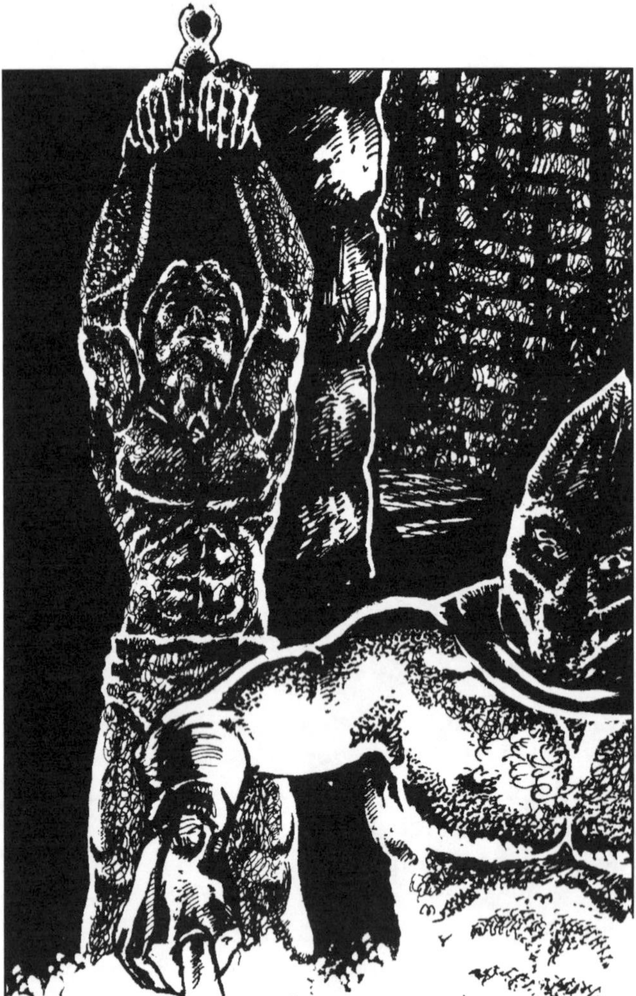

206

A porta dá para um aposento repleto de todos os tipos de instrumentos de tortura. Os gritos vêm do homem pendurado no teto pelos pulsos, e a risada vem do torturador, um homem de peito nu segurando um ferro de marcar em brasa. Se quiser ajudar o pobre cativo, vá para **328**. Se preferir deixá-lo à mercê do torturador e continuar pelo corredor, vá para **66**.

207

Você de repente encontra uma enorme pilha de rochas parcialmente escondida pela areia soprada pelo vento. Se quiser investigar as rochas, vá para **375**. Se preferir passar por elas, vá para **39**.

208

Quando você pronuncia as palavras mágicas (reduza 1 ponto de ENERGIA), os símbolos começam a fazer sentido. Mas só tarde demais você percebe que se trata de uma maldição de má sorte, retirada da tumba de uma múmia. Perca 4 pontos de SORTE. Enraivecido, você persegue quem quer que tenha jogado a garrafa em você. Vá para **77**.

209

A chave gira e você consegue abrir a porta assim que o teto alcança a altura da maçaneta. Você se arrasta pelo espaço pequeno e examina o aposento em que se encontra. Vá para **2**.

210

Não há escolha a não ser tentar forçar a porta com a espada. Quando começa a golpear a fechadura, você percebe um sibilo vindo do outro lado. A porta de repente é aberta e você é confrontado por uma criatura estranha, parecida com uma serpente, mas com tronco humanoide protegido por armadura. Um guarda serpente é um matador cruel, e você é forçado a usar a espada para sobreviver.

GUARDA
SERPENTE   HABILIDADE 10   ENERGIA 10

Se vencer, vá para **42**.

211

Os homens-esqueleto são fanáticos que lutam sempre até à morte. Será difícil derrotá-los.

	HABILIDADE	ENERGIA
Primeiro		
HOMEM ESQUELETO	9	6
Segundo		
HOMEM ESQUELETO	9	8

Lute com um de cada vez. Se vencer, vá para **53**.

212

Você encontra uma pequena caixa de prata dentro da alcova, com motivos dracônicos gravados na tampa. Alguma coisa chacoalha do lado de dentro quando você agita a caixa. Se quiser abrir a caixa, vá para **29**. Se preferir guardar a caixa de novo na alcova, descer de volta ao túnel e virar à direita no outro braço do túnel, vá para **59**.

213

Depois de ver o corvo voar de volta para a torre de Yaztromo, você segue a trilha até o cais e caminha confiante até o primeiro membro da tripulação que encontra. Você pede para falar com o capitão. Ele o olha desconfiado e, depois de uma longa pausa, diz: "Siga-me". Ele o conduz para a balsa e bate hesitante em uma das portas da cabine. Uma voz áspera grita: "Entre!". O tripulante abre a porta e gesticula para que você entre na cabine. Você o faz e vê um homem entroncado vestindo roupas que já viram dias melhores. Ele pergunta o que você quer e você responde que quer comprar passagem para o Porto Areia Negra. "Qualquer um disposto a pagar para ir até a cidade dos ladrões deve estar desesperado ou insano", ele diz, rindo. "Vai lhe custar 5 peças de ouro!" Se quiser pagar ao capitão esse valor, vá para **67**. Se preferir barganhar, vá para **146**.

214

Depois que você deposita uma moeda, um painel na porta se abre para cima, revelando, para seu horror, a letra T gravada no lado de dentro. O mensageiro da morte acertou um golpe. Perca 4 pontos de ENERGIA pelo choque em seu sistema. Você amaldiçoa esse joguinho maligno e atravessa a porta. Vá para **268**.

215

Você pronuncia as palavras mágicas (reduza 3 pontos de ENERGIA) e salta por cima do poço com facilidade. Aterrissando suavemente do outro lado, você parte de novo pelo corredor. Vá para **152**.

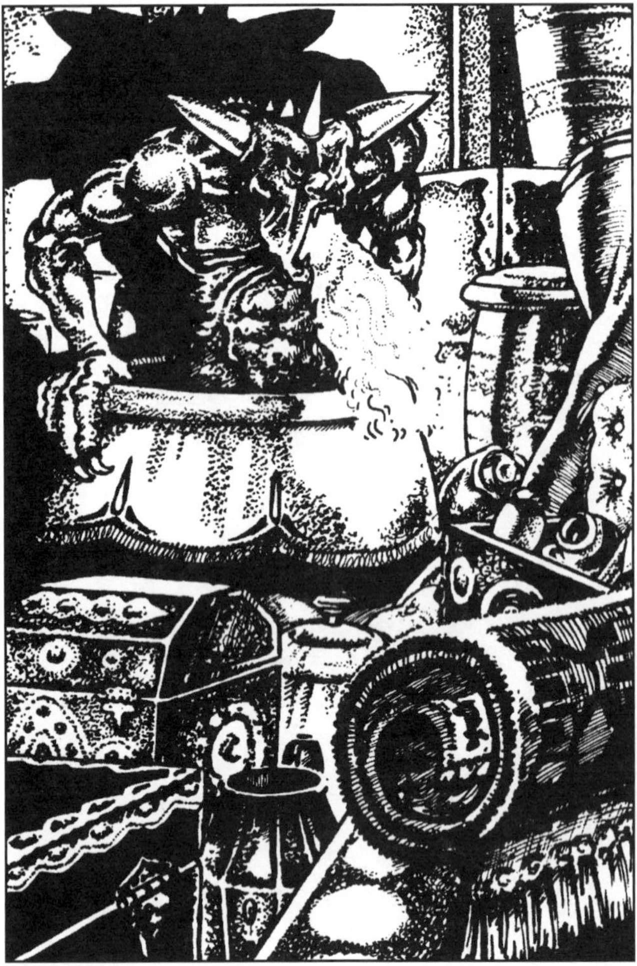

216

A porta dá para uma despensa repleta de vasos, urnas, tapetes, almofadas e baús. Quando você entra, a porta fecha com uma batida alta e uma fera musculosa, com chifres e pele vermelha, de repente sai de uma das urnas e começa a cuspir fogo em você. O demônio é o guardião da despensa e você precisa enfrentá-lo.

DEMÔNIO   HABILIDADE 6   ENERGIA 8

Além de garras e dentes, o demônio irá atacá-lo com um sopro de fogo. No início de cada rodada de combate, role um dado. Se o resultado for 1 ou 2, o demônio queima você, causando 1 ponto de dano. Se o resultado for de 3 a 6, você evita o jato de chamas. Se vencer, vá para **233**.

217

Você toma um longo gole da água deliciosa, saboreando o curto momento em que sua boca não parece tão seca quanto a areia do deserto ao seu redor. O sol da tarde continua inclemente, sua intensidade erguendo ondas brilhantes de calor da areia. Você resiste à tentação de beber toda a água e aperta o passo (vá para **303**).

218

Você encontra 3 peças de ouro e uma cauda de macaco no bolso de um dos homens-rato. Você vê dois corredores partindo de arcos na parede do fundo. Se quiser atravessar o arco à esquerda, vá para **315**. Se quiser atravessar o arco direito, vá para **139**.

219

A expressão no rosto de Leesha de repente muda de superioridade presunçosa para um olhar de horror. Invulnerável a armas normais, sua única fraqueza é

ser atacada com o dente pontudo de um verme-de-
-areia gigante. Ao ver sua arma, ela foge do templo
por uma porta na parede atrás do divã. Se quiser
abrir o baú ao lado do divã, vá para **265**. Se preferir
perseguir Leesha, vá para **137**.

220

Quando você acorda, sente-se terrivelmente fraco.
Mas a ideia de que Malbordus possa estar na sua
frente o coloca de pé mais uma vez. Com determinação pétrea, você cambaleia em direção ao sul (vá
para **70**).

221

Você pronuncia as palavras mágicas (reduza 2
pontos de ENERGIA) e o túnel é iluminado por luz
mágica de imediato. Você continua rastejando e vê
uma besta presa a uma das paredes, com um fio
que dispara seu gatilho dois metros à sua frente.
Você passa por cima do fio sem disparar a armadilha e esprema-se para passar pela besta. O túnel
finalmente termina em um aposento empoeirado,
iluminado por tochas presas às paredes. Vá para **43**.

222

As garras cortam fundo e arrancam sangue. A pata de macaco é amaldiçoada e drena o espírito de todos, exceto mortos-vivos. Perca 2 pontos de HABILIDADE. Você arranca a pata de sua mão e a larga de volta na pote. Você vai:

Erguer a tampa do pote branco?	Vá para **14**
Erguer a tampa do pote vermelho?	Vá para **183**
Atravessar a câmara até a passagem em arco no fundo do aposento?	Vá para **20**

223

Yaztromo explica que a magia luz iluminará qualquer aposento, caverna ou área, seja sua escuridão natural ou mágica. Ele pronuncia o encantamento necessário para conjurar a magia e diz que ela não drena muita energia; apenas 2 pontos de ENERGIA por uso. Volte para **34**, depois de anotar a magia e seu custo em pontos de ENERGIA na *ficha de aventuras*.

224

Você pronuncia as palavras mágicas da magia luz (reduza 2 pontos de ENERGIA), mas a magia não funciona e a escuridão continua. Sem que você saiba, a chuva dourada drenou todos os seus poderes mágicos. Se quiser aprofundar-se mais ainda na escuridão, vá para **348**. Se preferir subir os degraus de volta e abrir a porta, vá para **307**.

225

Rindo de sua tentativa patética de matá-lo, o fantasma agarra seu braço com a mão livre e você é paralisado instantaneamente. Perca 4 pontos de ENERGIA. Quando alguma sensação retorna a seus membros, o fantasma está bem longe da vista. Caminhando meio duro pelo túnel, você continua sua busca. Vá para **190**.

226

Você pisa na mancha preta e pega o medalhão de bronze. Embora ele pareça frio ao toque, você vê horrorizado que a carne de sua mão está queimando. *Teste a sorte*. Se for *sortudo*, vá para **127**. Se for *azarado*, vá para **323**.

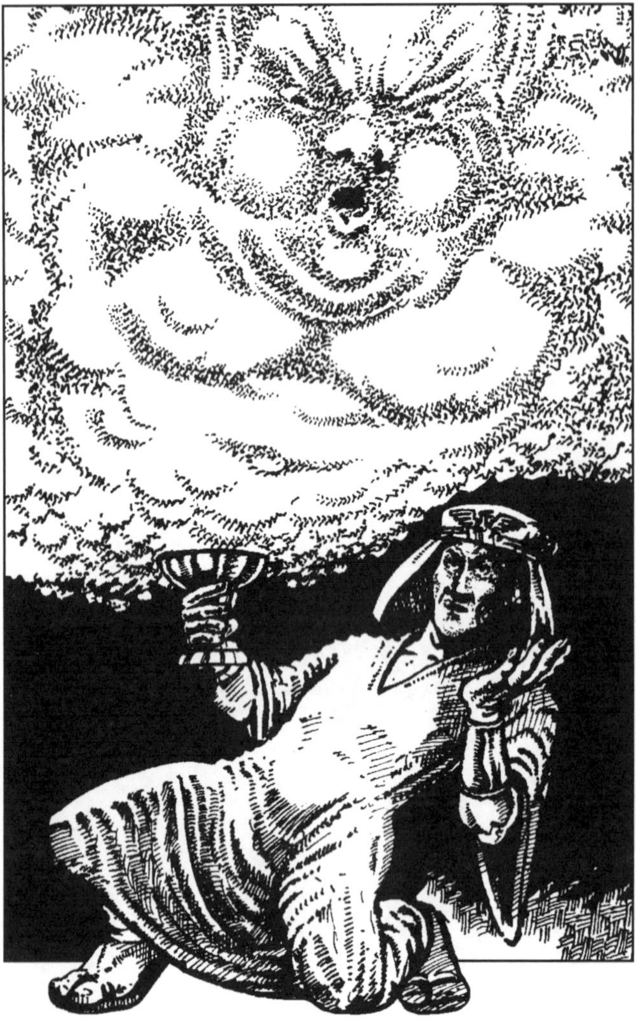

227

Você posta-se contra a parede, agarrando a espada. Um homem em mantos brancos entra na câmara carregando um cálice de ouro. Ele usa um cocar preso por uma fivela de ouro na forma de uma fênix cujas asas estão abertas contra sua testa. Quando o sacerdote vê o guarda morto, ajoelha-se e coloca o ouvido contra o peito do homem. Ele de repente olha para cima e o vê, gritando alto: "Barrang Hinpo Garrabang". Fumaça sobe do cálice de ouro e assume a forma de um humanoide gordo. O sacerdote conjurou um elemental do vento para matá-lo. As bochechas do elemental assopram e a força do sopro o joga contra a parede. Perca 2 pontos de ENERGIA. Sua espada não afetará o elemental e você precisa encontrar outra coisa para enfrentá-lo antes de ser jogado contra as paredes até a morte. Se puder e quiser conjurar a magia fogo, vá para **32**. Se preferir usar alguma coisa em sua mochila, vá para **115**.

228

Você nem tem tempo de erguer a espada contra o basilisco, pois um único olhar de seus olhos penetrantes é suficiente para matá-lo.

229

O sacerdote reconhece a tapeçaria e o significado da fênix de imediato. Ele grita algumas palavras e o elemental do vento recua de volta para o cálice de ouro. Percebendo que tem a vantagem, você diz ao sacerdote que o guarda escravo foi morto porque estava planejando assassinar Leesha. Reconhecendo sua superioridade, o sacerdote desculpa-se pelo ataque injustificado, curva-se em cumprimento e parte pela chuva dourada, saindo da câmara. Você não perde tempo, afasta as cortinas e abre a porta. Vá para **336**.

230

Você nada furiosamente para o navio de guerra e balança os braços para chamar a atenção. Uma corda é jogada e você sobe ao navio, vitorioso. Para sua surpresa, a tripulação é toda de anões. O capitão interroga você e outros membros da tripulação do *Beladona*, que também foram trazidos a bordo. Você diz ao capitão que está em uma missão importante que começou na aldeia anã de Ponte de Pedra. O capitão o encara desconfiado, acusando-o de ser apenas um pirata desesperado. "Você diz que sua missão começou em Ponte de Pedra", diz o capitão.

"Se isso for verdade, diga-me o nome do rei de lá". Se disser que o nome é Gallibrin, vá para **173**. Se disser que o nome é Gillibran, vá para **278**.

231

Você ergue o martelo de guerra e o desce com força no dragão. Ele ricocheteia, deixando o artefato completamente intacto. Você escolheu o dragão errado. Você de repente se sente muito fraco quando uma força maligna invisível tenta proteger o artefato. Perca 1 ponto de HABILIDADE e 2 de ENERGIA. Qual dragão você vai tentar destruir?

O dragão de ossos?	Vá para **362**
O dragão de cristal?	Vá para **9**
O dragão de ouro?	Vá para **247**
O dragão de ébano?	Vá para **279**

232

Pronunciando as palavras mágicas, você observa divertindo-se quando o homem-lagarto, irritado, de repente cai adormecido. Reduza 1 ponto de ENERGIA pela conjuração e então vá para **33**.

233

Não há outra forma de deixar o aposento, exceto pela própria entrada. Se quiser investigar a despensa, vá para **64**. Se preferir ir embora de imediato e abrir a outra porta no último aposento em que entrou, vá para **298**.

234

Você bate a bola de vidro nas pedras e a vê se abrir como um ovo. O pequeno sprite voa para fora dele, regozijando-se com toda a força de sua vozinha quase inaudível. Ele agradece diversas vezes por você tê-lo libertado da magia de aprisionamento. Ele salpica um pó brilhante em sua cabeça e diz que ele lhe trará boa sorte. Some 1 ponto de Sorte. Ele também aconselha que você faça um lenço de cabeça com a corda e o saco de algodão para manter sua cabeça protegida do sol, pois ainda falta bastante até Vatos. Quando começa a abrir o saco, o sprite abana e sai voando. Com a cabeça e a nuca protegidos, você parte a passos largos para o sul (vá para **39**).

235

Agora é tarde da noite, e os esforços do dia o deixaram exausto e com sede. Você encontra uma tigela com água em uma das mesas, que você esvazia garganta abaixo em segundos. Cansado demais para continuar, você deita-se no canto do aposento em almofadas macias e convidativas, para descansar. Se você se permitir pegar no sono, vá para **267**. Se permanecer acordado, vá para **131**.

236

Tentando evitar desesperadamente o olhar do fura-olhos, você corta às cegas no ar com a espada. *Teste a sorte*. Se for *sortudo*, vá para **182**. Se for *azarado*, vá para **299**.

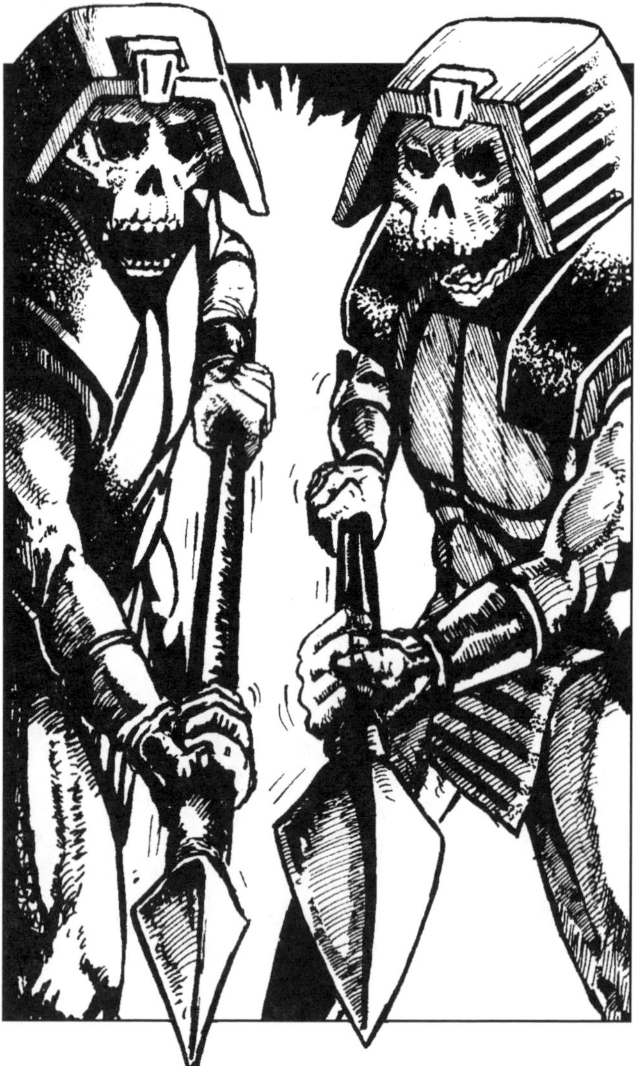

O corredor termina em uma passagem em arco coberta por uma cortina preta. Há uma caveira gravada na pedra acima do arco. Apesar de sua aparência agourenta, você abre a cortina e atravessa a passagem em arco. Você entra em uma câmara pequena que parece anexa a uma câmara maior mais adiante, na parede do fundo. Mas sua preocupação imediata é com as criaturas de guarda dos dois lados da passagem em arco. Têm corpo humano, mas as cabeças são crânios. Ambos usam um elmo estranho, na forma de esfinge. Com uma voz áspera, um dos homens-esqueleto o confronta, dizendo: "Dê uma boa razão para invadir os domínios de Leesha, ou morra". Ambos avançam com passos largos, as lanças apontando contra você. Você vai:

Conjurar a magia adormecer criatura (se conhecer essa magia)?	Vá para 371
Dizer que trouxe um dente de verme-de-areia gigante para Leesha (se tiver um)?	Vá para 294
Atacar com a espada?	Vá para 211

238

Você caminha pelo navio até encontrar Gargo. Ele diz que um dos canhoneiros foi morto em uma briga de taverna na noite passada, e que você terá de tomar o lugar dele. Seu trabalho é carregar os canhões durante batalhas. Você é levado para o convés inferior até a rede onde poderá dormir e descansar. O *Beladona* logo parte e você fica satisfeito por finalmente estar viajando para o sul. No meio da tarde há um grito súbito da gávea: "Navio a estibordo!". O navio de repente está agitado com a tripulação correndo para cumprir seus deveres. O capitão grita ordens para que todos corram para suas posições de batalha. Perguntando-se quem pode ser o inimigo, você toma posição no canhão. Você ouve as más notícias de que o inimigo é um navio de guerra, não um navio mercante. Um barulho de repente irrompe quando as balas de canhão do navio de guerra atingem o *Beladona*. A ordem é disparar, mas você percebe que o *Beladona* não é páreo para o navio de guerra. Durante a feroz batalha, o *Beladona* começa a afundar e você teme por sua vida. Role dois dados. Se o resultado for igual ou maior que sua HABILIDADE, vá para **187**. Se for menor, vá para **308**.

239

O teto está descendo rápido e você está abaixado, apoiado em suas mãos e joelhos quando conjura a magia (reduza 2 pontos de Energia). A porta de repente explode em chamas e você se joga pelo buraco criado pela magia. *Teste a sorte*. Se for *sortudo*, vá para **90**. Se for *azarado*, vá para **356**.

240

Quando o gnomo vê a espada sacada, ele bate seu bastão rapidamente no chão três vezes, o qual se transforma ante seus olhos em uma serpente sibilante, que desliza pelo chão na sua direção.

SERPENTE   Habilidade 6   Energia 6

Se perder pelo menos uma rodada de ataque, vá para **373**. Se vencer sem perder nenhuma rodada de ataque, vá para **270**.

241

Você coloca a máscara rápido no rosto, na esperança de repelir o elemental do vento. Mas ela não tem efeito, e você é soprado contra a parede. Perca 2 pontos de Energia. Você vai tentar:

Um espelho?	Vá para **27**
Uma tapeçaria da fênix?	Vá para **229**
Nenhum desses itens?	Vá para **312**

242

Segurando o pterodátilo com as garras, a águia rasga o pescoço dele com o afiado bico curvo. O grito de morte do pterodátilo vai ficando mais distante enquanto o enorme réptil voador cai como uma pedra. Você solta um grito animado para a valorosa águia quando ela continua para o sul. Depois que vocês passam pelo Rio Águas Brancas, o terreno vai se tornando cada vez mais árido. Quando vocês alcançam a fronteira do deserto, a águia aterrissa. O sol começa a se pôr e a águia não tem intenção de voar pelo deserto. Você desmonta e olha ao redor em busca de abrigo para descansar, escolhendo um buraco na areia. Você acorda pouco depois do amanhecer, mas fica desmotivado ao descobrir que a águia voou para casa. Você avalia a paisagem e não vê nada além de areia estéril. À medida que o sol se ergue, vai subindo rápido um calor desconfortável. Ao meio-dia, sua boca está seca e a sede é insuportável. Se puder conjurar a magia criar água, vá para **297**. Se não tiver aprendido essa magia, vá para **81**.

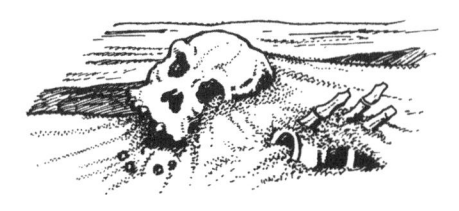

243

A porta dá para um corredor estreito que vai ficando mais quente à medida que você avança. Você começa a suar muito e percebe que não consegue mais avançar. Você volta, mas chamas começaram a disparar das rachaduras entre as pedras da parede e do chão. Você está preso em um corredor de fogo. O sinal sob o símbolo do sol dizia PERDIÇÃO, e o aviso era verdadeiro. Sua aventura termina aqui.

244

Na esperança de encontrar algo que possa ser útil contra o fantasma, você enfia a mão na mochila. O que você vai jogar no fantasma?

Uma pérola?	Vá para **185**
Um botão de prata?	Vá para **350**
Um amuleto de besouro feito de marfim?	Vá para **317**
Nenhum desses itens?	Vá para **260**

245

Sua espada corta facilmente o monstro de conchas, mas não parece feri-lo. Ele continua a açoitá-lo e você cambaleia sob os ataques. Perca 4 pontos de ENERGIA. Você percebe que não pode feri-lo. Se quiser fugir, vá para **359**. Se quiser correr para dentro do mar, vá para **51**.

246

Se puder conjurar a magia detectar armadilha, vá para **388**. Se não conhecer essa magia, vá para **109**.

247

Você ergue o martelo de guerra e o desce com força no dragão. Ele ricocheteia, deixando o artefato completamente intacto. Você escolheu o dragão errado. Você de repente se sente muito fraco quando uma força maligna invisível tenta proteger o artefato. Perca 1 ponto de Habilidade e 2 de Energia. Qual dragão você vai tentar destruir?

O dragão de ossos?	Vá para **362**
O dragão de prata?	Vá para **231**
O dragão de cristal?	Vá para **9**
O dragão de ébano?	Vá para **279**

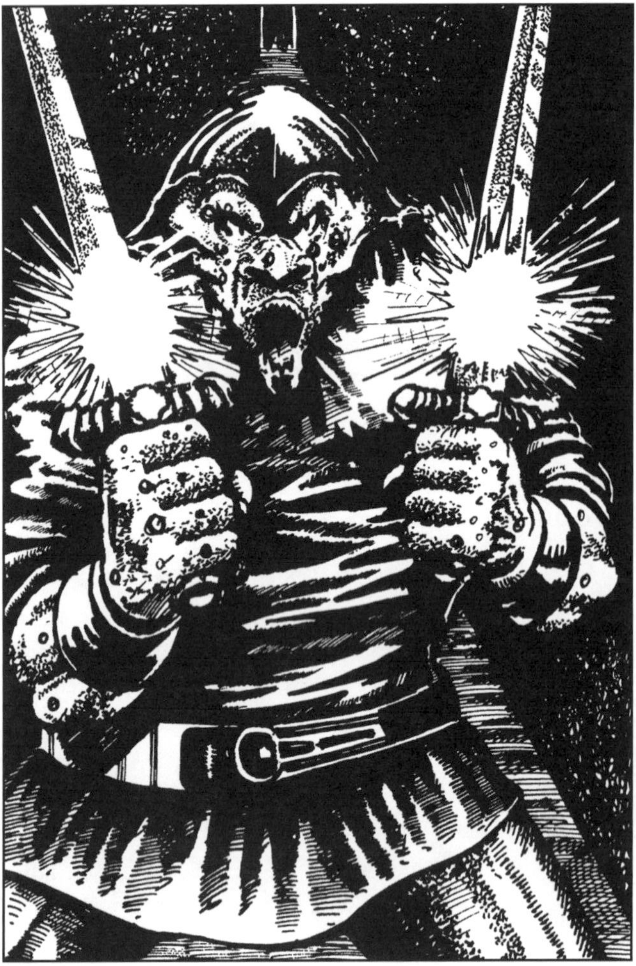

248

Quando você sussurra as palavras mágicas de abrir porta com sua boca seca, a porta abre para dentro. Reduza 2 pontos de Energia pela conjuração. Você a atravessa e se vê no meio de uma praça deserta. Vá para **111**.

249

Caminhando pelo corredor, você de repente vê movimento nas sombras. Uma figura musculosa trajando armadura de couro avança a passos largos para você. A luz da tocha é refletida pelas duas longas facas que a figura está brandindo. Quando a luz ilumina a cabeça dela, você vê que sua pele verde é manchada, e que tem olhos vermelhos, narinas amplas e uma bocarra larga com dentes parecidos com agulhas. Com uma voz gutural, diz: "Malbordus sairá vitorioso, e você vai morrer". O orc mutante assassino foi enviado para matá-lo.

ORC MUTANTE   Habilidade 11   Energia 11

A menos que você esteja armado com uma adaga além da própria espada, você estará em desvantagem contra este assassino treinado armado com duas facas. Reduza sua *força de ataque* em 2 pontos em toda rodada de combate. Se vencer, vá para **5**.

250

Você passa uma porta na parede da esquerda cujo marco é entalhado com esmero, retratando criaturas horríveis sendo consumidas pelas chamas. Se quiser abrir a porta, vá para **128**. Se preferir manter-se caminhando, vá para **344**.

251

Aos gritos animados da multidão, você abre caminho rumo às escadas. Seguindo o exemplo do homem corpulento, a multidão o puxa e empurra até você chegar ao seu quarto. Uma vez lá dentro, você tranca a porta, mas descobre, para seu horror, que seus bolsos foram roubados durante a comoção. Todas as suas peças de ouro foram roubadas. Perca 2 pontos de SORTE. Você ajeita-se para dormir, amaldiçoando sua má sorte, e acorda ao amanhecer depois de uma noite inquieta. Para piorar, você descobre que está coberto da cabeça aos pés por picadas inflamadas de percevejos do colchão de palha, e começa a se coçar loucamente. Sem perder mais tempo na inóspita Lagosta Negra, você desce o cais até o *Beladona*, que tem uma bandeira com uma caveira e ossos cruzados — a bandeira de um navio pirata! Cruzando a prancha de entrada cuidadosamente, você entra no navio (vá para **238**).

252

Por sorte, não foi a mão da espada que queimou. Perca 1 ponto de Energia. Você tira a mão rápido e pondera sobre o que fazer a seguir:

Pegar a estatueta de ouro de um esqueleto?	Vá para **386**
Abrir o caixão de ouro?	Vá para **82**
Sair do aposento pela porta no fundo?	Vá para **3**

253

Com seu olhar poderoso, o fantasma o paralisa antes de fugir pelo túnel. Perca 4 pontos de Energia. Quando alguma sensação retorna a seus membros, o fantasma está bem longe da vista. Caminhando meio duro pelo túnel, você continua sua busca. Vá para **190**.

254

A flecha erra o alvo e o pterodátilo se aproxima para atacar (vá para **363**).

255
Você pronuncia as palavras mágicas (perdendo 1 ponto de Energia), mas nada acontece. Sem que você saiba, a chuva dourada drenou todos os seus poderes mágicos. Você agora precisa decidir qual porta abrir. Se quiser abrir a porta do sol, vá para **243**. Se preferir abrir a porta da lua, vá para **273**.

256
O pergaminho está inscrito com símbolos estranhos que você não compreende. Se puder conjurar compreender símbolos, vá para **208**. Se não puder conjurar essa magia, vá para **147**.

257
Bem inesperadamente, o vento começa a soprar e o céu fica escuro. O vento torna-se uma ventania uivante e agita a areia, ficando quase impossível enxergar alguma coisa. Você está encalhado no meio de uma tempestade de areia. Perca 2 pontos de Energia e *teste a sorte*. Se for *sortudo*, vá para **129**. Se for *azarado*, vá para **385**.

258
O discípulo das trevas mais próximo vê o medalhão e diz: "Aproxime-se. É uma honra para você ser sacrificado. A dádiva de sua vida certamente vai agradar Leesha". Os três erguem os braços e começam a entoar um cântico, e você sente-se compelido a aproximar-se do altar e deitar-se na laje de mármore. Se puder e quiser conjurar a magia adormecer criatura, vá para **195**. Caso contrário, vá para **392**.

259

Você apronta-se e corre para saltar por cima do poço. Role dois dados. Se o resultado for igual ou menor que sua HABILIDADE, vá para 144. Se for maior, vá para 122.

260

Sem encontrar nada que você acredite que possa destruir o fantasma, você apela para sua espada de confiança. Vá para 225.

261

Enquanto você avança pelo chão empoeirado até a porta no fundo, sua mente de repente se enche de imagens horripilantes. Você grita de terror quando acredita ver o aposento inteiro ser tomado por chamas. Sua carne parece queimar e a morte é iminente. Seu pesadelo continua por vários minutos antes de a tensão o fazer perder a consciência. Você acorda mais ou menos uma hora depois e, enquanto tenta pôr-se de pé, percebe que perdeu parte da determinação e da coragem. Suas mãos tremem e você sente-se completamente abalado. Perca 3 pontos de HABILIDADE. Você cambaleia rumo à porta de ferro na parede do fundo e deixa o aposento do medo. Vá para 339.

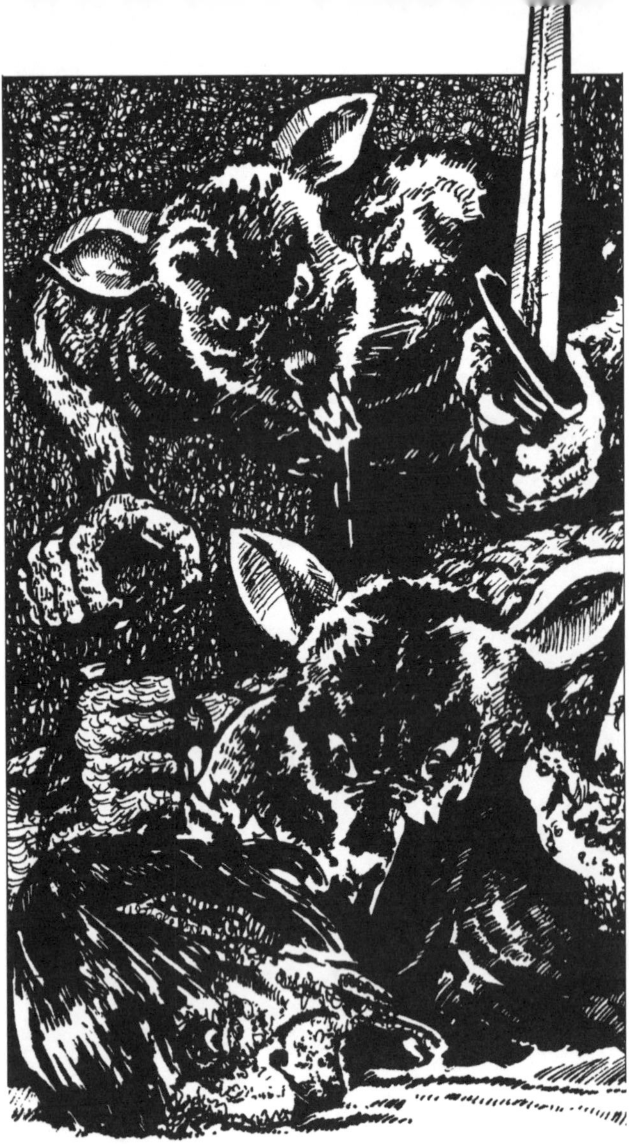

262

O corredor acaba se abrindo para um aposento pouco iluminado, onde dois homens-rato estão ocupados, devorando a carcaça de um goblin. Ao vê-lo, eles põem-se de pé de imediato, para atacar com suas espadas.

	HABILIDADE	ENERGIA
Primeiro HOMEM-RATO	5	4
Segundo HOMEM-RATO	5	5

Se vencer, vá para **218**.

263

O corredor segue reto em frente, e você vai até alcançar uma cadeira magnífica, posta contra a parede da esquerda do túnel, esculpida na forma de uma esfinge. Se quiser descansar na cadeira, vá para **55**. Se preferir apertar o passo em frente, vá para **202**.

264

Yaztromo explica que a magia de fogo pode ser usada tanto para conjurar uma parede defensiva de chamas ao redor do conjurador quanto para simplesmente acender uma tocha ou lampião com a ponta dos dedos. Ele pronuncia o encantamento necessário e diz que a energia drenada será de acordo com a intensidade exigida do fogo, mas que usará 1 ou 2 pontos de ENERGIA no geral. Volte para **34**, depois de anotar a magia e seu custo em pontos de ENERGIA na *ficha de aventuras*.

265

Você ergue a tampa do baú e fecha os olhos tão rápido quanto pode. Mas você já viu a letra M escrita em pó de ouro no fundo do baú. Perca 4 pontos de ENERGIA. Se tiver visto todas as letras M, O, R, T e E, vá para **148**. Se ainda não tiver visto todas elas, vá para **304**.

266

Os tentáculos carregam os dois nervos principais do abocanhador-da-areia, que não consegue mais mexer-se. Sua bocarra cai aberta e você consegue retirar sua perna, que está seriamente ferida. Perca 4 pontos de Energia e 1 de Habilidade. Depois de aplicar bandagens feitas com tiras de sua camisa, você manca rumo ao sul (vá para **106**).

267

Você acorda sobressaltado quando ouve um zunido profundo vindo do corredor do outro lado da chuva dourada. O sono o reanimou, e você põe-se de pé com um salto, sentindo-se alerta. Some 2 pontos de Energia. Há uma porta atrás das cortinas, mas está trancada e não há tempo para arrombá-la. Se quiser esconder-se atrás das cortinas, vá para **44**. Se preferir confrontar quem quer que esteja entrando na câmara, vá para **227**.

268

Embora uma luz brilhe através da porta aberta, você não consegue ver nada além da entrada. Se puder e quiser conjurar a magia luz, vá para **383**. Se preferir avançar lentamente rumo à escuridão total, vá para **326**.

269

Quando o líquido corre por cima dos seus ferimentos, eles se curam ante seus olhos. Mas, apesar das propriedades do líquido de ervas, seus poderes recuperativos são bem fracos. Assim, sua ENERGIA é aumentada em apenas 4 pontos. Assim mesmo, você fica satisfeito de ser curado, e caminha de volta pelo corredor sentindo-se confiante. Vá para **364**.

270

O gnomo guincha de terror quando sua serpente guardiã é morta. Com uma voz desvairada, ele implora que você não o machuque. Se quiser falar com ele, vá para **83**. Se matá-lo, vá para **61**.

271

Há uma porta sólida de carvalho no topo das escadas. Você experimenta a maçaneta e, para sua surpresa, ela não está trancada. Você fica ainda mais surpreso quando a porta abre-se para além da muralha da cidade, rumo ao Deserto dos Crânios. A luz brilhante do sol fere seus olhos depois da escuridão dos calabouços e catacumbas. Você olha para baixo, para a areia, e vê pegadas conduzindo para fora da porta, dando a volta na muralha da cidade. Se quiser seguir as pegadas, vá para **394**. Se preferir descer a escada e tomar a direção contrária no corredor, vá para **358**.

272

No terceiro dia, você finalmente avista terra, e a corrente o carrega para a praia. Por sorte, você é carregado a uma praia de areia, mas percebe que foi levado bem longe para o sul. Está quente, e sua boca está seca. Tudo que você vê é areia, e a paisagem do deserto se estende até onde a vista alcança. *Teste a sorte*. Se for *sortudo*, vá para **78**. Se for *azarado*, vá para **352**.

273

A porta dá para um corredor curto e inclinado, que leva para outra câmara. As paredes estão cobertas de hieróglifos, e há três potes de barro de pé, em cima de uma mesa de pedra. Você vai:

Erguer a tampa do pote branco?	Vá para **14**
Erguer a tampa do pote preto?	Vá para **156**
Erguer a tampa do pote vermelho?	Vá para **183**
Atravessar a câmara até a passagem em arco na parede do fundo?	Vá para **20**

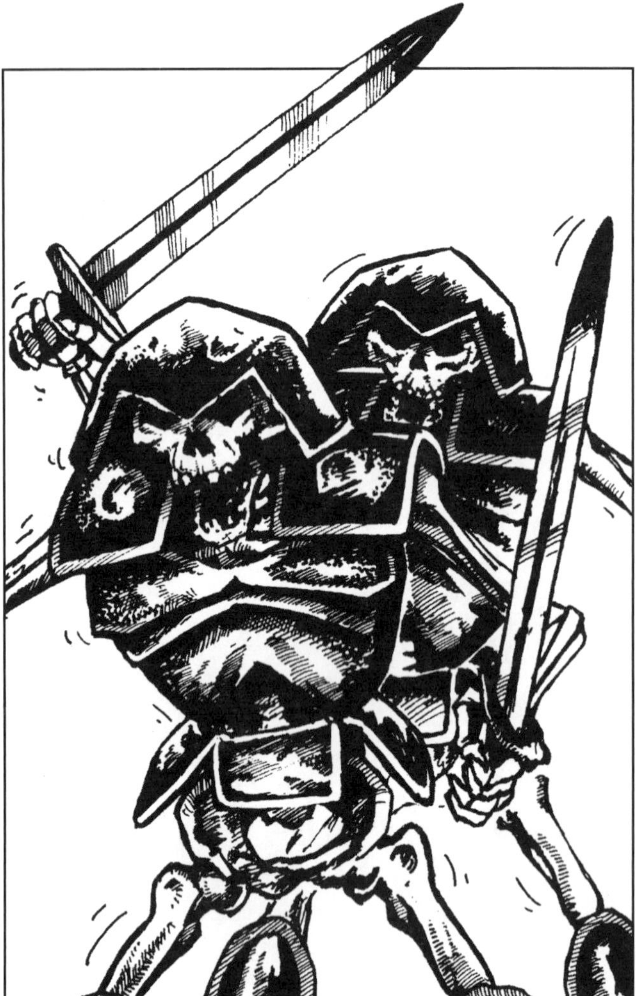

274

Duas figuras aparecem à vista — e um calafrio percorre sua espinha. Com armadura pendurada nos ossos amarelados, dois guerreiros esqueleto avançam com movimentos bruscos na sua direção, armados com espadas.

	Habilidade	Energia
Primeiro GUERREIRO ESQUELETO	7	5
Segundo GUERREIRO ESQUELETO	6	6

Os dois esqueletos lutarão com você ao mesmo tempo. Eles farão ataques separados em cada rodada de combate, mas você deve escolher com qual dos dois vai lutar. Ataque o esqueleto escolhido como sempre. Contra o outro, você rola sua *força de ataque* normalmente, mas não o ferirá caso sua *força de ataque* seja maior; deve contar esse golpe apenas como se tivesse se defendido do golpe dele. É claro que, se a *força de ataque* do segundo esqueleto for maior, ele o ferirá normalmente. Se vencer, vá para **310**.

275

Você se torna um pouco delirante sob o calor do deserto, devido a uma leve insolação. Perca 1 ponto de Habilidade. Assim mesmo, você aperta o passo para o sul (vá para **164**).

276

Você insere a chave na fechadura e a gira para a direita. A fechadura clica quando a tranca abre e você empurra a porta para dentro. Vá para **88**.

277

Não acontece nada quando você coloca o anel no dedo, e você decide deixá-lo assim. Você vai:

Erguer a tampa do pote preto?	Vá para **156**
Erguer a tampa do pote vermelho?	Vá para **183**
Atravessar a câmara até a passagem em arco na parede do fundo?	Vá para **20**

278

O capitão ri e diz: "Estranho, você está dizendo a verdade, mas temo que ainda tenha muitas explicações para dar". No anoitecer, durante o jantar, você conta ao capitão e sua tripulação sobre sua missão e sua importância. Obviamente preocupados com a destruição iminente do bom povo de Allansia, o capitão se oferece para navegar para o sul, rumo ao Deserto dos Crânios. Dois dias depois, o navio de guerra é ancorado e você é levado em um bote a uma praia de areias brancas. Agora com 10 provisões, cortesia do cozinheiro do navio, você abana em despedida e parte a pé. Tudo que você pode ver é areia, e a paisagem do deserto se estende até onde a vista alcança. Se quiser caminhar para o leste, rumo ao interior do continente, vá para **327**. Se preferir rumar para o sul pela costa, vá para **151**.

Você ergue o martelo de guerra e o desce com força no dragão. Ele ricocheteia, deixando o artefato completamente intacto. Você escolheu o dragão errado. Você de repente se sente muito fraco quando uma força maligna invisível tenta proteger o artefato. Perca 1 ponto de Habilidade e 2 de Energia. Qual dragão você vai tentar destruir?

O dragão de ossos?	Vá para **362**
O dragão de prata?	Vá para **231**
O dragão de cristal?	Vá para **9**
O dragão de ouro?	Vá para **247**

280

Apesar do olhar poderoso do fantasma, você mantém o controle de sua mente. Com os braços esticados, o fantasma se aproxima para tocá-lo, buscando intensificar seu poder. Se quiser enfrentar o fantasma com a espada, vá para 225. Se preferir procurar um item em sua mochila para usar contra ele, vá para 244.

281

Você junta as mãos e pronuncia as palavras mágicas de criar água. Água então enche suas mãos de imediato, e você bebe longamente e com voracidade. Só quando você separa as mãos a água para de fluir. Sentindo-se refrescado, você parte na direção do sol do meio-dia (vá para 116).

282

Você brande sua espada contra Leesha, mas acerta uma barreira invisível. Sua risada sádica ecoa pelo templo e você se vê preso onde está. Incapaz de mover um músculo sequer, você vê uma porta se abrir na parede atrás do divã e um homem entrar no templo. Seu rosto é uma manifestação do mal e a verdade enojante o atinge quando você percebe que se trata de Malbordus. Seus dedos esqueléticos revistam seus pertences, pegando os artefatos dracônicos que você possui. Ele então curva-se em cumprimento a Leesha e sai pela mesma porta, deixando-o ao sabor do destino. Não há nada que você possa fazer agora para salvar o povo de Allansia. Malbordus voará de volta à Floresta Madeira Negra com seus dragões e o caos consumirá a terra. Você falhou em sua missão.

283

Você encontra um espelho e um pote de barro fechado dentro da caixa de madeira. Você guarda o espelho na mochila e pondera o que fazer com o pote. Se quiser quebrá-lo para abri-lo, vá para **50**. Se preferir deixá-lo dentro da caixa e continuar sua jornada, vá para **70**.

284

Os discípulos das trevas acreditam na sua história, mas dizem que não podem permitir-lhe levar o presente até a própria Leesha. Eles dizem que o levarão por você. Reduza um item de sua *lista de equipamento*. Quando eles começam a discutir sobre qual deles deveria levar o presente para Leesha, você passa furtivamente por eles e atravessa a passagem em arco na parede atrás do altar. Vá para **341**.

285

Embora a mata seja bastante estéril, você fica surpreso ao ver um pedaço do terreno totalmente negro. Há um fedor de podridão no ar, que parece vir da mancha escura. Prendendo o nariz, você aproxima-se para investigar a mancha e vê que há um medalhão de bronze no centro, com a letra M gravada nele. Será que esse medalhão foi derrubado acidentalmente por Malbordus? Se quiser pegar o medalhão, vá para **226**. Se preferir deixá-lo onde está e continuar para o sul, vá para **159**.

286

A cadeira começa a vibrar um pouco e você se prepara para saltar dela. Mas você sente um formigamento percorrer seu corpo, uma sensação bastante tranquilizadora. Depois de cinco minutos dessa vibração gentil, você deixa relutante a cadeira. O efeito revigorante adiciona 4 pontos de Energia. Com passos largos, você parte mais uma vez. Vá para **202**.

287

Você abre o baú e encontra um elmo de ferro polido. Se quiser colocá-lo na cabeça, vá para **97**. Se preferir caminhar para o sul pelo corredor, vá para **140**.

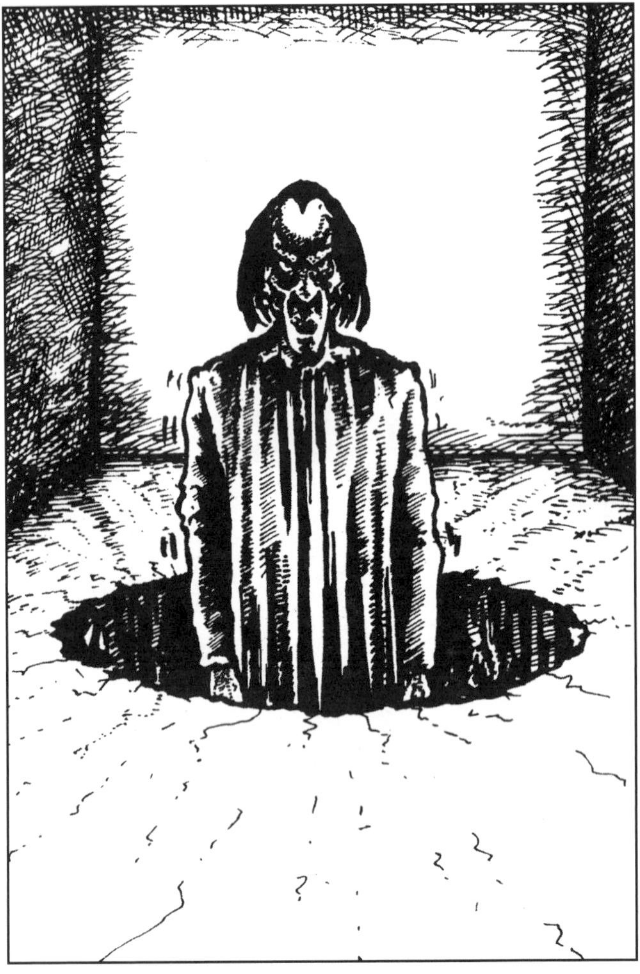

288

A cabeça de um homem de repente emerge do poço, seu rosto uma verdadeira manifestação do mal. O chão abaixo dele sobe lentamente até que seus pés estejam no mesmo nível do chão do aposento. Ele aproxima-se devagar, dizendo: "Dê-me os dragões que procuro". Você recua, incerto dos poderes terríveis que Malbordus possa comandar. Ele de repente bate as mãos e um trovão ensurdecedor quebra o silêncio do aposento. Rachaduras surgem no chão e nas paredes, e a dor em seus ouvidos é insuportável. Se estiver usando um anel de cobre, vá para **334**. Caso contrário, vá para **351**.

289

Embora o calor seja insuportável, o lenço de cabeça o protege da insolação, e você aperta o passo para o sul, determinado. (vá para **164**).

290

Você pega o cajado de prata e, para seu imenso alívio, o teto para de descer. Você se pergunta sobre como abrir a porta em frente à porta pela qual entrou. Se tiver uma chave de cristal ou se puder conjurar a magia abrir porta, vá para **178**. Se não tiver uma chave de cristal, e se não puder conjurar a magia, vá para **366**.

291

Quando você aproxima-se da sombra do enorme ídolo, ele de repente começa a se mover. Suas juntas rangem e chiam quando ele desce do pedestal. O golem avança pesado na sua direção com seu martelo de guerra erguido.

GOLEM   Habilidade 8   Energia 12

Se conseguir derrotar o golem, vá para **172**.

292

Você consegue tirar sua mão do pote antes que as garras possam mergulhar em sua pele. Você bate a tampa no pote e decide o que fazer. Você vai:

    Erguer a tampa do pote branco?   Vá para **14**

    Erguer a tampa do pote vermelho?   Vá para **183**

    Atravessar a câmara até
    a passagem em arco do outro lado?   Vá para **20**

293

A cena de batalha se esvai aos poucos à medida que você se afasta, agarrado ao mastro. Você permanece dois dias à deriva e fica muito fraco. Role dois dados e reduza o resultado de sua ENERGIA. Se ainda estiver vivo, vá para **272**.

294

O homem esqueleto mais próximo estica o braço livre e ordena que você lhe dê o dente. Se quiser entregá-lo a ele, vá para **346**. Se não confiar no homem esqueleto e quiser lutar contra eles, vá para **211**.

295

Quando tira a grade da parede, você nota que ela foi adulterada. Duas das barras verticais e a barra vertical que as une foram marcadas com giz branco, formando uma letra E no centro da grade. O mensageiro da morte atacou mais uma vez. Perca 4 pontos de ENERGIA e 1 ponto de SORTE. Você investiga a abertura atrás da grade, mas trata-se apenas de uma saída de ar. Amaldiçoando seu azar, você continua a caminhada. Vá para **157**.

296

Se quiser responder que gosta do trabalho do artista, vá para **181**. Se preferir responder que não gosta nem um pouco do trabalho dele, vá para **105**.

297

Você faz uma concha com as mãos e pronuncia as palavras mágicas de criar água. Água de repente enche suas mãos, e você bebe goles longos e deliciosos. O sol da tarde continua implacável, sua intensidade fazendo ondas brilhantes de calor erguerem-se da areia seca. Depois de beber o suficiente, você separa as mãos e para a água, apertando o passo deserto afora (vá para **24**).

298

A porta dá para um aposento completamente vazio. Há um mosaico no chão, um padrão abstrato, exceto por uma área em frente à porta na parede do fundo, onde há uma cabeça de medusa. Nessa porta há uma caixinha com uma fresta no topo. Você aproxima-se da porta, gira a maçaneta e descobre que ela está destrancada. Se quiser depositar uma peça de ouro na caixa antes de atravessar a porta, vá para **214**. Se preferir avançar sem fazer a doação, vá para **268**.

299

O fura-olhos flutua acima de sua espada e raspa seu rosto com os espinhos mortais. Todos os seus músculos de repente enrijecem como se um veneno petrificante corresse por suas veias. Mais tarde nesse mesmo dia, os guardas serpente o levarão para se juntar a outras gárgulas no topo das muralhas da cidade. Sua aventura termina aqui.

300

"Muito bem", continua a cabeça falante. "Você respondeu corretamente." Uma fumaça vermelha começa a verter de sua boca e espiralar ao redor de seu rosto. Quando a fumaça finalmente se esvai, a cabeça de bronze continua em silêncio. Você sente-se poderoso e como se o destino estivesse do seu lado. Some 2 pontos de Habilidade e 2 de Sorte. Com o entusiasmo renovado, você deixa o aposento e sobe o corredor. Vá para **17**.

301

Yaztromo explica que a magia saltar permitirá que você salte por cima de paredes, muralhas ou poços. Ele pronuncia o encantamento necessário para conjurar a magia e diz que a energia drenada pela magia é de 3 pontos de Energia. Volte para **34**, depois de anotar a magia e seu custo em pontos de Energia na *ficha de aventuras*.

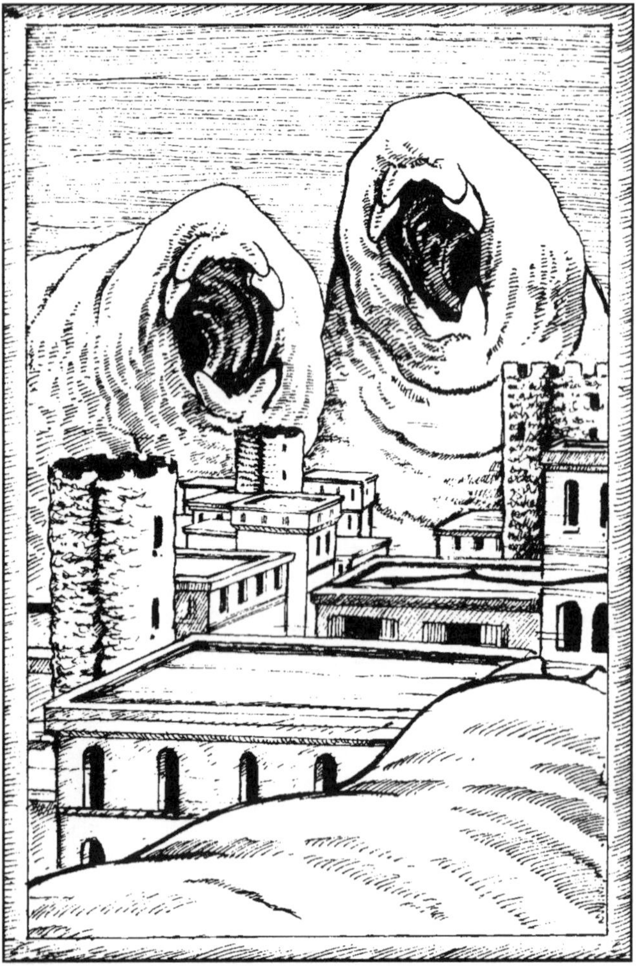

302

A gravura é bastante intrincada e deve ter levado meses até ser completada. Você olha para os prédios e de repente percebe que há uma rachadura fina como um fio de cabelo correndo na altura do teto dos prédios. Você descobre que um dos tetos se abre e que o interior do prédio é oco. Sua sorte está lá dentro, pois há um dragão feito de ébano no interior. Some 1 ponto de Sorte pela descoberta do artefato dracônico. Você sorri e o guarda no bolso antes de abrir a porta na parede do fundo do aposento. Vá para **93**.

303

Meia hora depois, você vê uma tenda baixa e marrom que reconhece como aquelas usadas pelos nômades do deserto. Um cavalo está acorrentado a uma das estacas da tenda. Se quiser fazer contato com o nômade, vá para **196**. Se preferir viajar para o sul para evitar o nômade, vá para **389**.

304

Você amaldiçoa o mensageiro da morte, mas sente que sobreviveu ao seu joguinho maligno. Com um surto repentino de determinação, você corre pela passagem em arco atrás de Leesha. Vá para **137**.

305

Alto no céu, você vê algo voando na sua direção. À medida que se aproxima, você vê que se trata de uma criatura com corpo de uma enorme ave de rapina, mas com a parte superior do tronco de uma mulher humana. Ela começa a emitir um grito agudo e penetrante, que você reconhece de automático. Você cobre os ouvidos freneticamente, para não ouvir o chamado hipnotizante da temível harpia. Se puder e quiser conjurar a magia flecha mágica, vá para **184**. Caso contrário, você terá de enfrentar a harpia com a espada (vá para **75**).

306

Você rola o homem e vê que não lhe resta muito tempo. Sendo um guerreiro valoroso, ele queria lutar até o fim. Você pergunta por que ele está neste lugar, pois ele claramente não é daqui. Com um sussurro quase inaudível, ele responde: "O esqueleto dourado… está aqui em algum lugar… Cuidado com a sombra da pedra…". Então ele fica silencioso e imóvel. Você coloca a espada na mão dele, como ele teria gostado, e continua pelo corredor, que logo faz uma curva para a direita e você chega a uma porta de ferro na parede da direita. Ao longe você vê luzes dançando na escuridão do corredor. Se quiser abrir a porta de ferro, vá para **153**. Se quiser investigar as luzes que se movimentam, vá para **339**.

307

A porta abre e você entra em um aposento repleto de tesouros. Há cálices, estatuetas, baús cheios de gemas, pequenos cofres e centenas de artefatos fabulosos. Você vai:

Pegar algumas gemas?	Vá para **143**
Pegar a estatueta de um esqueleto de ouro?	Vá para **386**
Abrir o caixão de ouro?	Vá para **82**
Sair do aposento pela porta no fundo?	Vá para **3**

308

Quando o navio começa a afundar, toda a equipe dos canhões corre para os degraus de madeira que levam para o convés superior. Você é um dos primeiros a alcançá-los e consegue chegar ao convés quando o navio começa a fazer água. Se quiser se agarrar a um pedaço do mastro e se deixar levar para longe do navio de guerra, vá para **293**. Se quiser nadar até o navio de guerra, vá para **230**.

309

Quando você tira a mochila dos ombros, outro raio de luz dispara do cajado. *Teste a sorte*. Se for *sortudo*, vá para **145**. Se for *azarado*, vá para **121**.

310

Você pega o escudo de um dos esqueletos e o ajusta no braço. Some 1 ponto de HABILIDADE. O corredor finalmente termina em uma porta de madeira que está trancada. Se puder e quiser conjurar a magia abrir porta, vá para **114**. Se tiver uma chave de ferro, vá para **276**. Se não tiver como abrir a porta, vá para **399**.

311

Você saca a espada e tenta ajudar a águia em sua fuga desesperada. Mas o pterodátilo mantém-se fora de alcance e você é incapaz de influenciar o resultado da sangrenta batalha de bicos e garras. Resolva a luta entre a águia e o pterodátilo.

	HABILIDADE	ENERGIA
ÁGUIA GIGANTE	6	11
PTERODÁTILO	7	9

Se a águia vencer a batalha aérea, vá para **242**. Se o pterodátilo vencer, vá para **48**.

312

Sem defesa contra as pancadas incansáveis do elemental do vento, você é espancado até se tornar uma polpa ensanguentada. Sua aventura termina aqui.

313

Você de repente se lembra de que um único olhar dos olhos penetrantes do basilisco é suficiente para matar. Se tiver um espelho, vá para **357**. Se não tiver um espelho, mas puder conjurar a magia fogo, vá para **189**. Se não puder fazer nem uma coisa, nem outra, vá para **134**.

314

Você empurra a porta de ferro e ela se abre lentamente. Você entra em um aposento frio, com teto alto. O lugar não tem características marcantes, e Leesha não se encontra em lugar nenhum. No entanto, há um poço circular no meio do cômodo. Sentindo que o tempo urge, você decide checar suas posses. Se tiver reunido cinco artefatos dracônicos, vá para **35**. Caso não tenha encontrado todos os cinco artefatos dracônicos, vá para **160**.

315

Você logo chega a uma bifurcação em T. Olhando para a direita, o chão está coberto de vidro quebrado, então você vira à esquerda no novo corredor. Vá para **49**.

316

316
Você logo descobre que a fumaça está subindo do teto em chamas de uma cabana de madeira. Dois elfos negros, vestindo seu preto típico, disparam flechas incandescentes na cabana. Um homem emerge na porta, forçado a sair pela fumaça asfixiante. Você o vê correr com espada e escudo para seus agressores. Antes que você possa ajudá-lo, ele é morto por duas flechas. Os elfos negros deixam o esconderijo onde se encontram e aproximam-se da vítima. Se quiser atacar os elfos negros, vá para **113**. Se preferir não se envolver e continuar para o sul, vá para **285**.

317
O fantasma pega o amuleto no ar e o esmaga até virar pó. Rindo de sua tentativa patética de matá-lo, o fantasma agarra seu braço com a mão livre e você é paralisado. Perca 4 pontos de Energia. Quando alguma sensação retorna a seus membros, o fantasma está bem longe da vista. Caminhando meio duro pelo túnel, você continua sua busca. Vá para **190**.

318
Assim que você toca a pata de macaco, seus dedos se contraem e, com vontade própria, ela tenta agarrar sua mão. *Teste a sorte*. Se for *sortudo*, vá para **292**. Se for *azarado*, vá para **222**.

319
Você arremessa a pérola no olho enorme da criatura, mas ela simplesmente quica e cai no chão de pedra com um estalo. Você saca sua espada. Vá para **236**.

320

O corredor termina em uma escadaria. Se quiser subi-la, vá para **271**. Se preferir voltar e tomar o caminho oposto pelo corredor, vá para **358**.

321

Você diz ao gnomo que não tem um telescópio. Desapontado com a resposta, ele esfrega o queixo e diz: "Bem, eu realmente gosto de bronze, então, se você tiver qualquer coisa feita de bronze, eu vou lhe dar uma braçadeira mágica que vai conceder força". Se tiver um sino feito de bronze e quiser trocá-lo, vá para **69**. Caso contrário, você não poderá negociar com o gnomo e terá de descer a escada e tomar o corredor passando a última bifurcação. Vá para **262**.

322

Depois de pronunciar as palavras mágicas (reduza 2 pontos de ENERGIA), você ouve um clique na fechadura. Apertando o cabo da espada, você abre a porta. Vá para **98**.

323

Você larga o medalhão ardente na areia e vê uma letra M grande e dolorida marcada na palma da sua mão. Infelizmente, é sua mão da espada. Perca 2 pontos de HABILIDADE e 1 de ENERGIA. Percebendo que Malbordus deve estar à sua frente, você continua para o sul tão rápido quanto pode (vá para **159**).

324

Jazendo no chão, o artefato parece inofensivo, mas você suspeita que destruí-lo não será uma tarefa fácil. Se estiver carregando um martelo de guerra, vá para **279**. Se não tiver essa arma, vá para **193**.

325
Por sorte, você encontra os apoios abertos na parede do poço e consegue escalar dolorosamente para fora. Não ousando descansar, você aperta o passo corredor abaixo. Vá para **152**.

326
Suas mãos tocam rocha áspera dos seus dois lados e você percebe que está em um corredor. Seu coração dispara enquanto você desce devagar por ele. Mas o que você não consegue ver é uma lâmina afiada colocada entre as paredes a menos de um metro acima do chão. Ela corta dolorosamente a sua canela e, quando sente o sangue começar a correr pela sua perna, você entra em pânico. Perca 2 pontos de Energia e 1 de Sorte. Ansioso para escapar do corredor escuro, você corre, batendo em uma porta no fundo. Vá para **79**.

327
Enquanto caminha firme para o leste, você percebe um zunido vindo de cima. Você olha para cima e vê insetos parecidos com vespas, mas gigantes, voando acima da sua cabeça. Uma das três moscas-agulha de repente mergulha para atacá-lo. Se quiser conjurar a magia flecha mágica, vá para **118**. Se preferir enfrentar os insetos gigantes com a espada, vá para **28**.

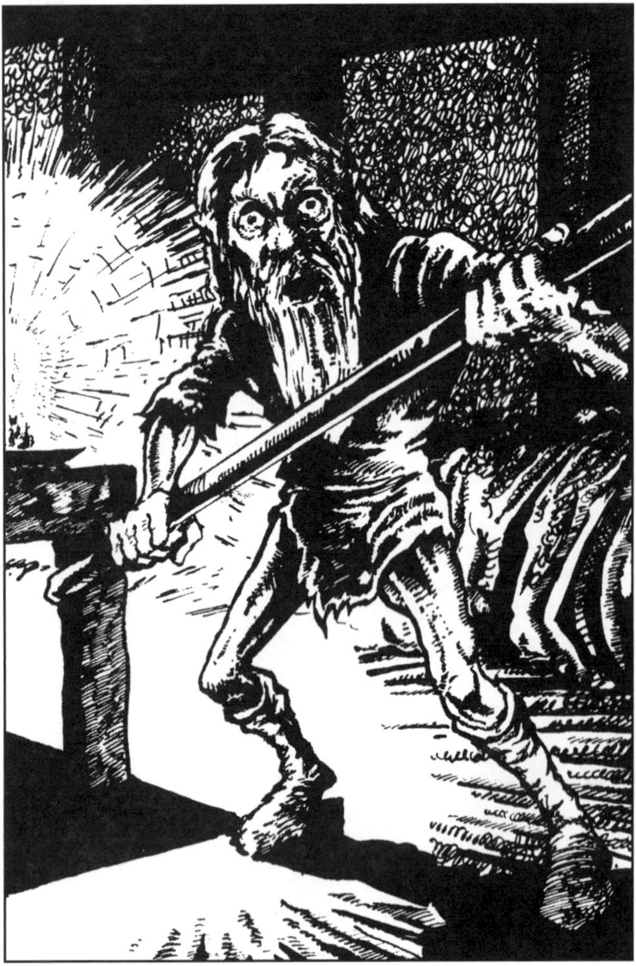

328

O homem ouve você fechar a porta e avança contra você para atacá-lo com seu ferro de marcar.

TORTURADOR   Habilidade 8   Energia 8

Se vencer, vá para **141**.

329

Enfiando a cabeça pelo buraco no teto, você vê um aposento pequeno e bagunçado, iluminado por uma única vela em cima de uma mesa. Você vê um homenzinho musculoso agachado em um canto, vestindo farrapos feitos de sacos. Ao vê-lo, ele pega um bastão de madeira do chão. Você vai:

Conversar com ele?	Vá para **83**
Atacá-lo com a espada?	Vá para **240**
Descer a escada e passar pela última bifurcação?	Vá para **262**

330

O corredor termina em uma bifurcação em T; há cortinas penduradas que vão do teto até o chão na parede do fundo. Você vai:

Puxar as cortinas?	Vá para **170**
Virar à esquerda no corredor?	Vá para **335**
Virar à direita no corredor?	Vá para **162**

331

Você avança correndo para golpear o horror--noturno com o dente comprido, mas ele é feito em pedacinhos por outro raio do cajado. Você não tem escolha a não ser atacar com a espada. Vá para **85**.

332

O velho manca à sua frente pela rua e para em frente a uma casa em ruínas. Ele bate alto na porta da frente três vezes com o bastão. A porta de repente abre e dois homens de aparência rude saem correndo, brandindo porretes. Você mal tem tempo de sacar a espada antes de ser atacado por eles. Lute com um de cada vez.

	Habilidade	Energia
Primeiro LADRÃO	8	7
Segundo LADRÃO	7	7

Se vencer, vá para **89**.

333

Enquanto desce o corredor, você de repente percebe o som de passos vindo na sua direção. Se quiser ver quem está se aproximando, vá para **274**. Se preferir voltar correndo e apertar o passo indo reto pela última bifurcação, vá para **250**.

334
O anel que você encontrou no pote é um anel de proteção. A dor em seus ouvidos rapidamente se vai e você consegue sacar sua fiel espada para lutar esta batalha desesperada. Vá para **380**.

335
O corredor vazio faz uma curva fechada para a direita. Depois de dez metros, você vê uma alcova na parede da esquerda. Um fio de água corre da boca de um querubim de bronze para uma vasilha a seus pés. Se quiser beber a água, vá para **4**. Se preferir continuar descendo o corredor, vá para **370**.

336
Se quiser conjurar a magia abrir porta, vá para **369**. Se preferir quebrar a fechadura com a espada, vá para **68**.

337
Se os pássaros estivessem voando mais baixo no céu, você os teria reconhecido como abutres. Esperando outra vítima cair morta ao lado do olho d'água envenenado, eles voam em círculos atentos no céu. Mais uma vez a paciência deles foi recompensada.

338
Sua mão da espada está seriamente queimada e parte de sua destreza em combate se foi. Perca 1

ponto de Energia e 2 pontos de Habilidade. Você afasta sua mão rápido e decide o que fazer a seguir. Você vai:

Pegar a estatueta do esqueleto dourado?	Vá para 386
Abrir o caixão de ouro?	Vá para 82
Deixar o aposento pela porta do outro lado?	Vá para 3

339

Quando se aproxima das luzes brilhantes, você percebe que elas estão começando a se mover na sua direção. Três insetos gigantes com asas zunindo alto se aproximam para atacá-lo. Enfrente os vaga-lumes gigantes um de cada vez.

	Habilidade	Energia
Primeiro VAGA-LUME GIGANTE	5	4

Segundo
VAGA-LUME GIGANTE 5 5
Terceiro
VAGA-LUME GIGANTE 4 6
Sempre que um vaga-lume gigante vencer uma rodada de combate, role um dado. Se o resultado for 1, 2 ou 3, o vaga-lume dispara uma descarga elétrica e você perde 2 pontos de ENERGIA adicionais. Se o resultado for 4, 5 ou 6, o vaga-lume não realiza nenhum disparo. Se vencer, vá para **38**.

340
Correndo pela passagem, você vê uma grade de ferro no alto da parede da direita. Se quiser abri-la com a espada, vá para **295**. Se preferir continuar, vá para **157**.

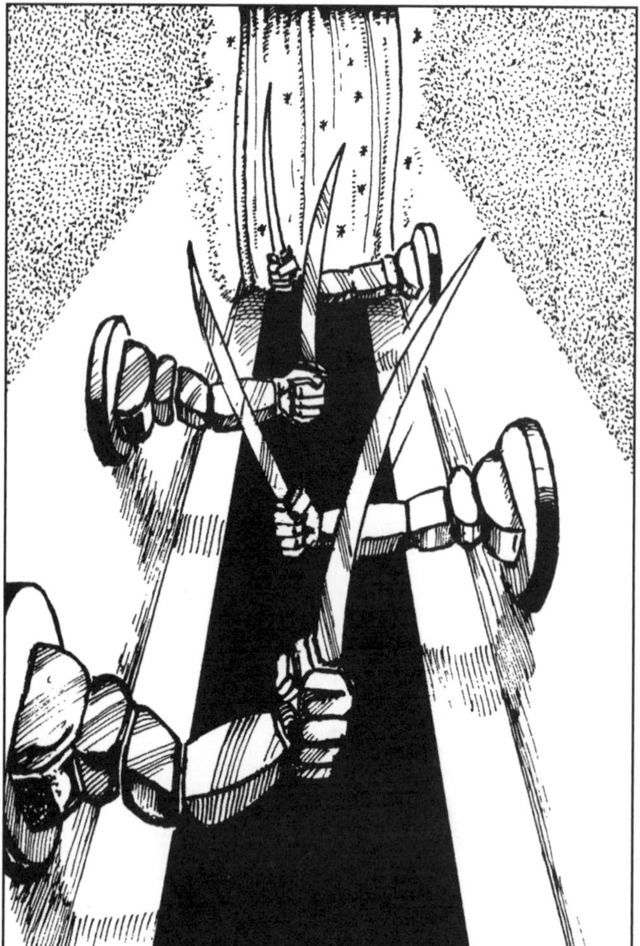

341

A passagem em arco tem um marco de pedra bastante elaborado. Você olha pelo arco para o corredor e vê o que parece uma cortina dourada e brilhante no fundo. Há espadas montadas nas paredes, seguradas por mãos de pedra. Segurando sua espada firmemente, você entra desconfiado no corredor. Assim que alcança a primeira espada, o braço de pedra ganha vida e golpeia contra você, enquanto as outras três cortam o ar, esperando sua vez.

	HABILIDADE	ENERGIA
Primeira ESPADA	6	4
Segunda ESPADA	6	4
Terceira ESPADA	6	4
Quarta ESPADA	6	4

Se vencer, vá para **191**.

342

Yaztromo explica que esta magia avisará sobre quaisquer armadilhas à frente, embora você tenha de superar o problema usando sua própria iniciativa. Ele pronuncia as palavras necessárias para a conjuração e diz que, cada vez que você a usar, a magia drenará 2 pontos de ENERGIA. Anote a magia e seu custo em ENERGIA na *ficha de aventuras* e volte para **34**.

343

Há um clarão cegante de repente e o cajado dispara um arco de luz em seu estômago. Perca 2 pontos de HABILIDADE e 4 de ENERGIA. Se sobreviver à rajada, vá para **169**.

344

O corredor faz uma curva para a direita, e você vê um homem caído de bruços no chão de pedra. Ele traja uma armadura repleta de manchas de sangue, e sua espada jaz a um metro de distância. Ele grunhe ao ouvir seus passos, e tenta alcançar a espada. Você vai:

Atravessá-lo com sua espada?	Vá para **101**
Chutar a espada dele para longe e tentar conversar?	Vá para **306**
Passar por ele e continuar em frente?	Vá para **80**

345

Você faz uma concha com as mãos e conjura a magia. Água enche suas mãos e você bebe. Depois de matar a sede, você separa as mãos e aperta o passo para o sul. Vá para **377**.

346

O homem esqueleto pega o dente e de repente o joga no chão com força, fazendo-o em pedaços. Os rostos sem expressão das criaturas parecem de alguma forma aliviados, e você se pergunta que erro cometeu. Com as lanças em posição, eles avançam para você.

	Habilidade	Energia
Primeiro HOMEM ESQUELETO	9	6
Segundo HOMEM ESQUELETO	9	8

Lute com um de cada vez. Se vencer, vá para **96**.

347
O túnel atinge um beco sem saída. Uma vela solitária arde em uma alcova e você vê algo brilhando logo atrás. Se quiser enfiar o braço na alcova, vá para **212**. Se preferir voltar e virar à direita no outro braço do túnel, vá para **59**.

348
Você alcança o pé da escadaria e pisa cauteloso no chão, com os braços esticados à sua frente. Você de repente ouve um chapinhar como o de uma bola de lama caindo no chão. *Teste a sorte*. Se for *sortudo*, vá para **57**. Se for *azarado*, vá para **176**.

349
Depois de desamarrar a corda, você lentamente abre o saco de algodão. Dentro você encontra uma bola de vidro. Dentro dela há um homenzinho com orelhas pontudas e asas, trajando roupas verdes. Ele saltita para cima e para baixo em uma alegria frenética. Você não consegue ouvir sua voz pelo

vidro, mas percebe que o sprite quer fugir. Se quiser libertar o sprite, vá para **234**. Se preferir deixar o sprite em sua prisão de vidro e continuar para o sul, vá para **39**.

350

O fantasma recua amedrontado ao ver a prata e tenta fugir. Mas sua mira é perfeita e o botão de prata atinge o alvo. O fantasma cai no chão e em segundos não passa de pó espalhado pelas dobras da própria capa. Some 1 ponto de Sorte. Com o espírito renovado, você parte túnel abaixo. Vá para **190**.

351

Você cobre os ouvidos, mas não consegue parar a dor. Você cambaleia, completamente desorientado, incapaz de manter o equilíbrio. Perca 3 pontos de Habilidade. Apesar da desvantagem, você saca sua fiel espada para lutar uma última batalha desesperada. Vá para **103**.

352

Caminhando pela praia, você encontra um grupo de palmeiras, mas não há cocos. Você dá uma olhada ao redor e decide para onde ir. Se quiser ir para o leste, rumo ao interior do continente, vá para **327**. Se preferir descer para o sul pela costa, vá para **151**.

353

Você segue o corredor até ele fazer uma curva fechada para a esquerda. Então você vê que o chão está coberto de vidro quebrado. Enquanto você procura o caminho por entre o vidro, uma figura sombria de repente aparece à sua frente no corredor. Você ouve uma risada aguda quando uma garrafa é arremessada contra você. Ela estilhaça no chão de pedra bem aos seus pés, revelando um pedaço de pergaminho enrolado em meio ao vidro quebrado. Se quiser ler o pergaminho, vá para **256**. Se preferir perseguir quem quer que tenha jogado a garrafa em você, vá para **77**.

354

354

Embora a chuva dourada pareça úmida na sua pele, você está completamente seco. Você entra em uma câmara luxuosa, cujas paredes são decoradas com afrescos e pinturas. O chão é feito de mármore polido, há várias mesas e almofadas espalhadas pelo chão brilhante. Há um enorme homem careca e de peito nu, vestindo calças largas de seda, em posição de guarda no fundo do aposento. Suas mãos descansam no cabo de sua espada curva. Ao vê-lo, ele avança a passos largos para atacar. É um guarda escravo do templo externo.

GUARDA ESCRAVO Habilidade 8   Energia 8

Se vencer, vá para **235**.

355

Sem suprimento de água, você vai ficando cada vez mais fraco; perca 1 ponto de Habilidade e 4 de Energia. Você rilha os dentes e cambaleia na direção do sol do meio-dia (vá para **116**).

356

Seu mergulho desesperado pela passagem não é rápido o suficiente para evitar que seu abdome seja esmagado pelo teto de pedra. Há um triturar repugnante de ossos. Sua aventura termina aqui.

357

De olhos fechados, você segura o espelho com o braço esticado. Você descobriu a única fraqueza da criatura: o basilisco é destruído pela força de seu próprio reflexo. Sem nem mesmo ousar olhar para o basilisco morto, você apressa-se para o sul tão rápido quanto pode (vá para **108**).

358

Você encontra uma tigela em uma coluna de mármore. A tigela está repleta de uvas que parecem frescas e suculentas. Se quiser comer as uvas, vá para **112**. Se preferir continuar sem comê-las, vá para **237**.

359

Você foge da praia tão rápido quanto pode, mas não consegue escapar do monstro de conchas. Você cai na areia e repetidas ondas de conchas voadoras atingem seu corpo. Você perde a consciência aos poucos, e sua aventura termina na borda do Deserto dos Crânios.

360

A cadeira de repente se aquece e você se vê sentado em uma pedra cuja temperatura é próxima do derretimento. Role um dado e diminua o resultado de sua ENERGIA. Se ainda estiver vivo, você salta da cadeira e cambaleia corredor abaixo. Vá para **202**.

361
Assim que você revela o ovo de ônix, o fura-olhos fica imóvel e fecha seu olho central. Você aproveita a oportunidade e passa correndo por ele, segurando o ovo de ônix para se proteger. Vá para **340**.

362
Você ergue o martelo de guerra e o desce com força no dragão de ossos. O artefato de desfaz em pedacinhos pequenos e você se permite um sorriso de satisfação. Você ergue o martelo uma segunda vez, mas de repente ouve um som de trovão vindo das profundezas do poço. Vá para **288**.

363
Você saca a espada e tenta atingir o temível atacante da águia. Mas o pterodátilo mantém-se fora de alcance e você é incapaz de influenciar o resultado da batalha entre as duas criaturas voadoras. Resolva a luta entre a águia e o pterodátilo.

	Habilidade	Energia
ÁGUIA GIGANTE	6	11
PTERODÁTILO	7	9

Se a águia vencer a batalha aérea, vá para **242**. Se o pterodátilo vencer, vá para **48**.

364
Passando pela cadeira da esfinge e pelas tapeçarias, você passa reto pela bifurcação rumo ao corredor, para dar uma olhada nos murais. Vá para **161**.

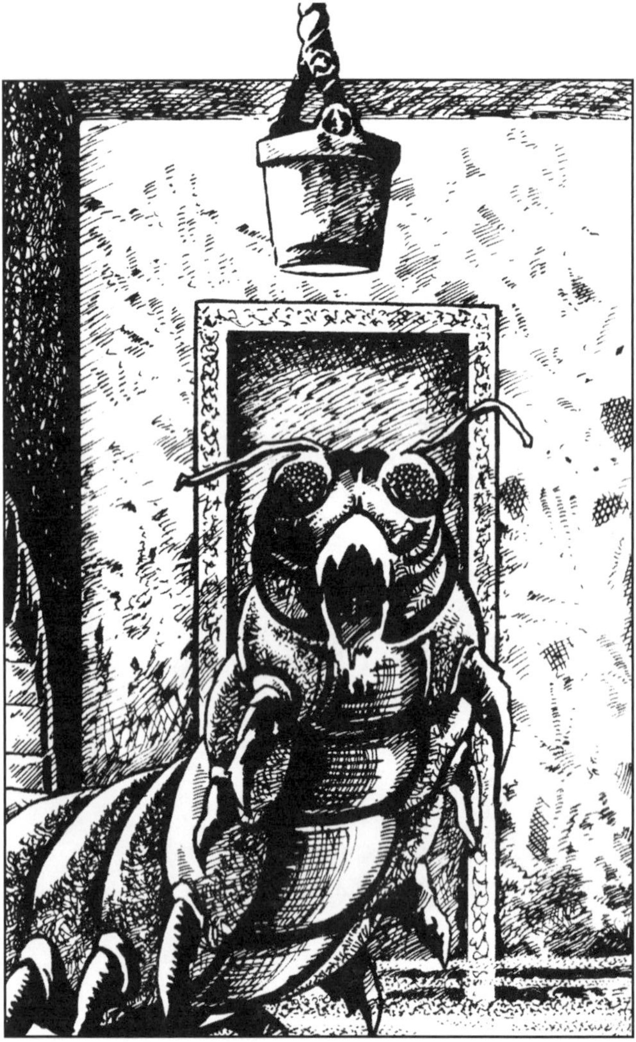

365

Você entra em um aposento empoeirado, com sangue seco espirrado por todas as paredes. Há um balde pendurado no teto, preso por uma corda logo acima da sua cabeça. Na parede do fundo há outra porta, e na parede da esquerda há uma passagem em arco baixa, de onde você ouve um som arranhado. Uma cabeça enorme e negra de inseto emerge do buraco escuro, seguida por um corpo comprido e com muitas pernas. A centopeia gigante corre de seu covil para picá-lo.

| CENTOPEIA GIGANTE | HABILIDADE 9 | ENERGIA 7 |

Se vencer, vá para **393**.

366

Você examina o cajado de prata, esperando descobrir como fazer para disparar um raio de luz. Você encontra dois pequenos círculos erguidos na superfície do cajado, e percebe que um deles deve ser o gatilho. Você aponta o cajado para o chão e decide qual círculo apertar. Se quiser apertar o círculo da esquerda, vá para **343**. Se quiser apertar o círculo da direita, vá para **167**.

367

Yaztromo explica que a magia criar água encherá suas mãos com água potável se você fizer uma concha com elas. Ele pronuncia as palavras mágicas necessárias para a conjuração e diz que, curiosamente, esta magia não exige energia para ser conjurada. Volte para **34**, depois de anotar a magia e seu custo em pontos de Energia na *ficha de aventuras*.

368
O virote afunda em sua garganta. Você luta por oxigênio, mas seus esforços desesperados são inúteis. Sua aventura termina aqui.

369
Você pronuncia as palavras mágicas (reduzindo sua Energia em 2 pontos), mas nada acontece. Sem que você saiba, a chuva dourada drenou todos os seus poderes mágicos. Perca 1 ponto de Sorte. Você não tem escolha a não ser arrombar a fechadura com a espada. Vá para **68**.

370
O corredor faz uma curva fechada para a direita de novo e você logo chega a uma bifurcação em T. O corredor está vazio e nada chama a sua atenção à frente, então você decide virar a esquerda. Vá para **46**.

371
Você pronuncia as palavras mágicas (perca 1 ponto de Energia), mas nada acontece. Sem que você saiba, a chuva dourada drenou todos os seus poderes mágicos. O homem esqueleto mais próximo ataca você com a lança e você não tem escolha a não ser lutar. Vá para **211**.

372
Você faz uma concha com as mãos e entoa a magia criar água. Água de repente enche suas mãos e você bebe goles longos e deliciosos. O sol da tarde continua inclemente, sua intensidade fazendo ondas brilhantes de calor erguerem-se da areia seca. Você separa as mãos e a água para de fluir, e você aperta o passo pelo deserto (vá para **303**).

373
O veneno da serpente é letal. Apenas uma picada é necessária para encerrar sua vida. Seus olhos fecham-se pela última vez enquanto a serpente enrijece, tornando-se um cajado mais uma vez.

374
O cântico parece ficar mais alto, e você não consegue impedir a si mesmo de se aproximar lentamente do altar. Você deita-se no mármore frio e sente os discípulos das trevas cercando-o. Você ouve um deles dizer que é meia-noite e você então tem apenas alguma consciência de que outro está sacando uma adaga do cinto. Sua última visão é da adaga afundando em seu peito. Sua aventura termina aqui.

375
Quando você puxa a pedra, um escorpião corre da sombra de seu esconderijo e pica-o nas costas da mão. Perca 4 pontos de ENERGIA. Se ainda estiver vivo, vá para **155**.

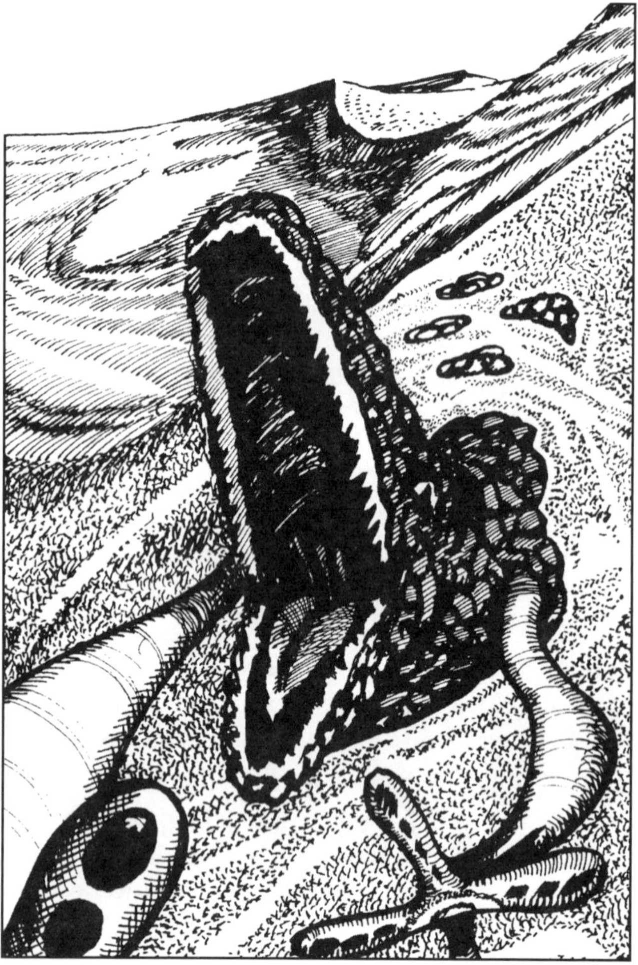

376

O corredor faz uma curva para a direita, e você segue por ele até chegar ao lado de fora de uma porta fechada. Você ouve gritos agonizantes e uma risada sádica vindo de dentro do aposento. Se quiser virar a maçaneta e abrir a porta, vá para **206**. Se preferir ignorar os gritos e continuar caminhando, vá para **66**.

377

Caminhando determinado para o sul, você não percebe um perigo invisível à sua frente. Seu pé direito afunda na areia e você sente uma dor aguda quando algo começa a rasgar a carne da sua perna. Você enfia a espada na areia quando um abocanhador-da-areia tenta sobrepujá-lo. Ele treme, e a areia é jogada de seu corpo, revelando uma bocarra repleta de dentes afiados. É impossível penetrar as escamas grossas que recobrem a criatura. Algumas das escamas de repente se afastam, empurradas por dois tentáculos compridos que tentam agarrá-lo e puxá-lo para a bocarra do abocanhador-da-areia. Ignorando a dor na perna, você começa a golpear contra os tentáculos resistentes.

	Habilidade	Energia
Primeiro TENTÁCULO	7	7
Segundo TENTÁCULO	7	7

Se um dos dois tentáculos vencer duas rodadas de combate consecutivas, vá para **149**. Se você cortar os dois tentáculos sem que nenhum deles vença duas rodadas consecutivas, vá para **266**.

378

Você dá uma olhada na escuridão do covil do cão-da-morte e vê que um túnel segue longe. Se quiser rastejar pelo túnel, vá para **95**. Se preferir deixar o aposento e continuar subindo o corredor, vá para **344**.

379

Olhando para cima, você vê um sinal na rua que indica que você está na Rua do Tamanco. Você desce-a inteira até ela terminar em uma bifurcação em T onde encontra a Rua das Docas, que corre paralela à costa. Você olha para o mar e observa o sol poente afundar lentamente no horizonte. A escuridão o envolve e você pondera aonde ir a seguir. No fim da rua, à esquerda, há luzes brilhando nas janelas, e você consegue ouvir o som de risadas e cantoria. Você decide aproximar-se da luz e logo se vê do lado de fora da taverna Lagosta Negra. Você entra em um salão coberto de fumaça, onde figuras rudes sentam a mesas abarrotadas de gente rindo, fazendo troça e cantando. Você vai direto ao taverneiro e pergunta se ele tem um quarto para alugar. Por sorte, há um disponível. Você paga 1 peça de ouro pelo quarto e pergunta se ele sabe de algum navio que esteja indo para o sul amanhã de manhã. "Talvez eu saiba", ele responde desconfiado, "mas informação não é de graça em Porto Areia Negra. Por mais 1 peça de ouro, eu posso lhe apresentar a um oficial de bordo". Você pega uma moeda no bolso mais uma vez e paga o taverneiro. Ele o conduz a uma das mesas na parede do fundo do salão e aponta um homem com um lenço de seda amarrado na careca, com uma cicatriz feia correndo da orelha esquerda até o meio do queixo. "Seu nome é Gargo", diz o taverneiro. Você senta perto de Gargo, apresentando-se e perguntando se você pode comprar uma passagem para o sul. "Dez peças de ouro, e você terá de trabalhar em troca de comida", é a resposta curta. Gargo não parece o tipo de homem disposto a negociar, então você concorda com o preço e paga. "Partimos uma hora depois do amanhecer. O nome do navio é *Beladona*, e você vai encontrá-lo no fim do cais aqui na saída da taverna", diz Gargo. Você decide não se envolver com nenhuma das figuras da taverna, indo para o seu quarto. Você levanta e caminha para as escadas, mas um homem corpulento, carregando três canecas de cerveja, bate em você, derrubando as bebidas. Se quiser se oferecer para comprar mais cerveja para ele, vá para **124**. Se preferir dizer para ele não ser tão desajeitado, vá para **203**.

380
Malbordus percebe que você é invulnerável a seus poderes mágicos e saca sua espada amaldiçoada para atacá-lo.

MALBORDUS   Habilidade 10   Energia 18

Se vencer, vá para **400**.

381
Você passa por baixo do martelo de guerra erguido do ídolo rumo à entrada do túnel (vá para **74**).

382

A porta está firmemente trancada e não vai abrir. Se puder e quiser conjurar a magia abrir porta, vá para **248**. Se não puder ou não quiser conjurar essa magia, vá para **210**.

383

Uma vez que você tenha pronunciado as palavras mágicas (reduza 2 pontos de Energia), o corredor além da porta é de repente iluminado por uma luz brilhante. Mas você caiu nas garras do mensageiro da morte. Uma enorme letra R está pintada na porta no fundo do corredor e você não consegue evitar enxergá-la. Perca 4 pontos de Energia como resultado do choque. O único consolo é que você vê uma lâmina posta entre as paredes na altura do joelho, e consegue passar por cima dela sem se ferir. Amaldiçoando sua má sorte, você abre a porta no fundo do corredor. Vá para **79**.

384

Você agora está usando uma braçadeira da força. Some 1 ponto de Habilidade. Você desce a escada e volta, passando pela última bifurcação. Vá para **262**.

385

A tempestade de areia leva um longo tempo para passar e você perde boa quantidade de força tentando proteger-se. Perca 1 ponto de Habilidade. O vento acaba morrendo. Você bate a areia do corpo e aperta o passo para o leste (vá para **26**).

386

A estatueta é pesada e vale uma fortuna incalculável. Se tiver sucesso em sua missão, você terá sido mais do que amplamente recompensado. Some 1 ponto de SORTE. Você coloca a estatueta na mochila e decide o que fazer a seguir. Você vai:

Pegar algumas gemas?	Vá para **143**
Abrir o caixão de ouro?	Vá para **82**
Deixar o aposento pela porta no fundo?	Vá para **3**

387

Procurando um objeto que possa derrotar o fura-olhos, você deve tomar uma decisão rápida. Você vai pegar:

Um espelho?	Vá para **65**
Uma pérola?	Vá para **319**
Um ovo de ônix?	Vá para **361**
Nenhum desses itens?	Vá para **200**

388

Sentindo perigo de repente, você pronuncia as palavras mágicas (reduza 2 pontos de ENERGIA). Uma aura mágica ilumina a besta montada na parede e o fio que serve de gatilho. Você se espreme para passar pela besta. O túnel finalmente termina em um aposento empoeirado, iluminado por tochas presas às paredes. Vá para **43**.

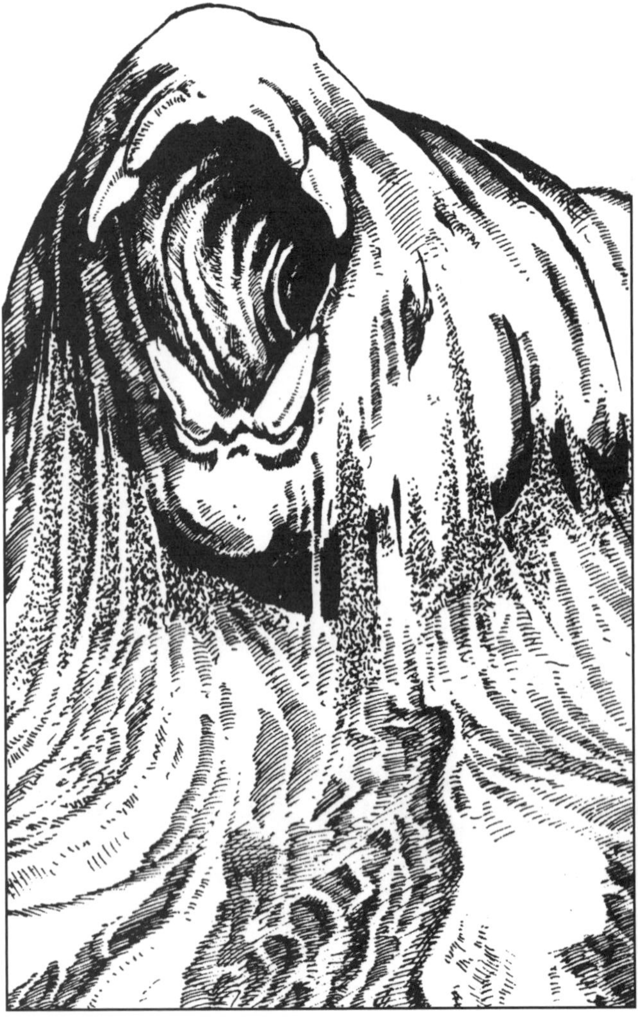

389

Não muito depois de perder a tenda de vista, você começa a sentir um tremor leve sob seus pés. A areia de repente começa a virar à sua frente. Ela se ergue no ar e então cai em cascatas gigantes, expondo o corpo de um verme enorme. Você percebe horrorizado que um verme-de-areia gigante está para engoli-lo com sua boca oval e dentada. Ele tem pelo menos vinte metros de comprimento, e você deve enfrentá-lo.

VERME-DE-AREIA   Habilidade 10   Energia 20

Se vencer, vá para **18**.

390

Quando o horror-noturno desaba no chão, solta o cajado de prata. De repente há um rangido acima de você. Fora das mãos de seu proprietário, o cajado misteriosamente disparou um mecanismo no teto de pedra, que está descendo na sua direção. Você corre para abrir uma das portas, mas ambas estão firmemente trancadas com magia poderosa e não podem ser abertas mesmo pela magia de Yaztromo. Você vai:

Pegar o cajado de prata?	Vá para **290**
Experimentar a chave de cristal na porta (se tiver uma)?	Vá para **150**
Tentar abrir um buraco na porta com a magia fogo (se puder conjurá-la)?	Vá para **239**

391

Yaztromo explica que a magia compreender símbolos permitirá que você compreenda quaisquer runas ou símbolos mágicos. Ele pronuncia as palavras mágicas necessárias para a conjuração e diz que quase nada de energia é necessário para ela; apenas 1 ponto de Energia é perdido cada vez que ela é usada. Volte para **34**, depois de anotar a magia e seu custo em pontos de Energia na *ficha de aventuras*.

392

Sem querer se tornar uma vítima de sacrifício, você concentra-se em tentar abafar as vozes entoando cânticos de sua mente. Role dois dados. Se o resultado for igual ou menor que sua Habilidade, vá para **174**. Se for maior, vá para **374**.

393

Se quiser cortar o balde do teto, vá para **60**. Se preferir abrir a porta de ferro na parede do fundo, vá para **21**.

394

A porta bate forte e você descobre que ela está firmemente trancada. Você segue as pegadas ao redor da muralha da cidade por mais ou menos quinze minutos até encontrar o homem que as produziu. Ele está caído de bruços na areia e parece ter morrido há pelo menos um dia. Parece um serviçal e certamente não é Malbordus. Não há nada no homem que possa ajudá-lo, então você corre de volta para a porta de carvalho. Como passou pela chuva dourada, até mesmo sua magia é inútil contra ela, então você tenta abri-la golpeando furiosamente com a espada. Uma sombra de repente passa acima de você. Um enorme dragão negro atravessa o céu, cavalgado pelo homem que você veio derrotar — Malbordus. O dragão voa rumo ao norte e não há nada que você possa fazer para impedi-lo. Malbordus vai liderar as hordas do caos através de Allansia, e o mundo cairá perante sua sombra. Você falhou em sua missão.

395

Está tão frio que você mal consegue dormir durante a noite. Perca 3 pontos de ENERGIA. Você está completamente acordado e agradecido quando o sol do amanhecer ergue-se no horizonte para aquecer o ar do deserto. Assim que a luz é suficiente para enxergar o caminho à frente, você continua sua jornada para o sul (vá para 72).

396

Quando você golpeia a água, seu bracelete fica submerso por um instante. O monstro com tentáculos é repelido por ele e nada para longe, rumo às profundezas do poço. Você aproveita a chance, sobe na beirada e foge pelo túnel. Vá para **91**.

397

Escadas conduzem do alçapão para a escuridão abaixo. Há um cheiro forte de mofo subindo das trevas e uma corrente de ar úmida contra o seu rosto. Você desce a escada malfeita até não conseguir enxergar mais. Você vai:

Conjurar a magia luz (se puder)?	Vá para **224**
Caminhar mais um pouco na escuridão?	Vá para **348**
Subir de volta e abrir a outra porta?	Vá para **307**

398

No meio da noite, você é acordado pelo som de passos batendo no chão. A lua está quase cheia e dá luz suficiente para você enxergar uma forma agigantando-se sobre você. Agarrando sua espada, você põe-se de pé para se defender do troll das cavernas que o descobriu durante sua caçada noturna.

TROLL DAS
CAVERNAS   Habilidade 8   Energia 9

Se vencer, você tenta dormir de novo, mas vira de um lado para o outro a noite toda. De manhã, você parte mais uma vez. Vá para **305**.

399

Incapaz de abrir a porta, você volta pelo corredor e passa a última bifurcação. Vá para **250**.

400

Malbordus está morto e os artefatos dracônicos restantes estão esperando para serem destruídos. Você ergue o martelo de guerra e os golpeia de novo e de novo, até que ninguém jamais tenha a oportunidade de usar seu poder outra vez. Com o tempo, os elfos negros da Floresta Madeira Negra descobrirão a derrota de seu líder e se encolherão de volta nas sombras da floresta. Sua provação no Templo do Terror salvou Allansia. Você agora pode viajar orgulhoso de volta a Ponte de Pedra e devolver o martelo de guerra ao Rei Gillibran. Yaztromo sem dúvida lhe ensinará mais de sua magia, e você terá chance de gastar algumas das riquezas que encontrou.

O MAIOR RPG DO BRASIL!

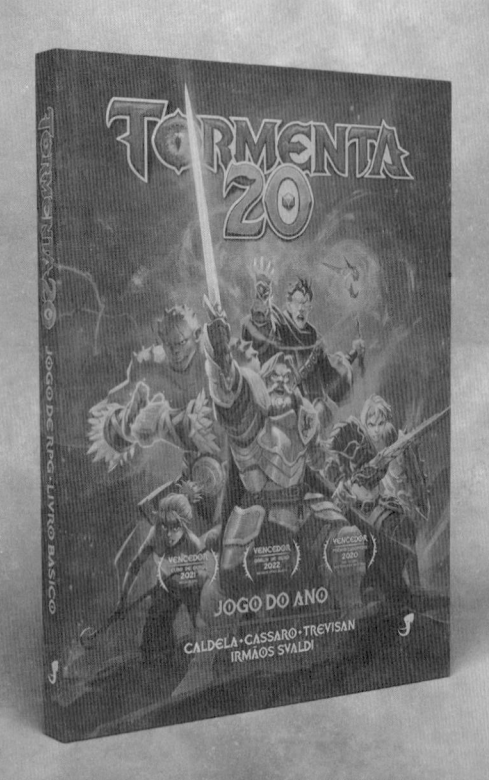

Tormenta20 leva você até Arton, um mundo de problemas — e de grandes aventuras! Sobreviva aos maiores desafios com seus amigos e juntos virem os heróis de suas próprias histórias.

Saiba mais em **jamboeditora.com.br**